十三歳の誕生日、皇后になりました。3

石田リンネ

ビーズログ文庫

イラスト／Izumi

目次

暁月（あかつき）
赤奏国の皇帝。「ちょうどいいから」と莉杏と夫婦に!?
蕗莉杏（ろりあん）
まだ十三歳の赤奏国の皇后。暁月のことが大好き。
十三歳の誕生日、皇后になりました。3
人物紹介

翠 進勇（すい しんゆう）

翠家の嫡男で武官。暁月と幼いころからの付き合いがある。

沙 泉永（さ せんえい）

暁月の乳兄弟で従者。文官を目指していた。

蕗 登朗（ろ とうろう）

赤奏国の宰相。莉杏の祖父。

舒 海成（じょ かいせい）

赤奏国の若手文官。莉杏に「昼寝の人」と呼ばれている。

翠 碧玲（すい へきれい）

進勇の従妹で、数少ない女性武官。

功 双秋（こう そうしゅう）

武官。暁月が禁軍にいたときの部下。

晧 茉莉花（こう まつりか）

白楼国から来た文官。可憐で聡明で莉杏の憧れの対象。

珀 陽（はく よう）

白楼国の皇帝。暁月に手を貸してくれた人物。

堯 佑（ぎょう ゆう）

暁月の異母兄。暁月と敵対している。

一問目

かつて大陸の東側に、天庚国という大きな国があった。

天庚国は大陸内の覇権争いという渦に呑みこまれ、分裂する形で消滅した。

新たに誕生した国は、黒槐国、采青国、白楼国、赤奏国の四つである。

このうち、南に位置する赤奏国は、国を守護する神獣を『朱雀』に定めた。慈悲深い朱き鳥である朱雀神獣は、いつだって皇帝夫妻と民を慈しんでいる——……と言われていたのだが、あるときから飢饉が続いてしまう。

けれども、その当時の皇帝は、飢饉の対策を講じるどころか、金を湯水のように使って侵略戦争に励んだ。それが三代も続いた。

赤奏国の崩壊がじわじわと迫りつつある中、一人の皇子が立ち上がる。

『暁月』と名付けられたその皇子は、異母兄である皇帝が病気で急死したあと、即位することになった。

暁月は、皇太子ではなかった。皇太子は病死した皇帝の五歳の息子で、早すぎる父の死に衝撃を受け、皇帝位を暁月に譲ると言ったあと、道教院に入ってしまったのだ。

皇帝位を譲られた暁月は、即位までの儀式をすべてきちんと行い、『正しい手順』を踏んで皇帝になった。

皇帝になったあとは、侵略戦争を中断し、飢えて苦しんでいる民の救済を優先するという、まさに賢君と呼ばれる政をしている。しかし、それにも関わらず、暁月の周囲は敵だらけだ。

──『暁月にとっての正しい』と『他の人にとっての正しい』は違う。

甘い蜜を吸いたいという欲望に正直な者たちが、この国に多く存在していた。

その中でも、暁月の最大の敵は、病死した先の皇帝の同母弟であり、自分の異母兄である『堯佑』だ。

古くからの名家である『布家』という大きな後ろ盾をもつ堯佑は、暁月の後宮に妃を送りこんで暁月を陰から操るか、暁月に取り入って二番目の権力者という立場で満足するか、それとも完全に敵対して内乱を起こすかを迷っていたが、最終的に全面対決の道を選び、多くの文官や武官を引き連れ、皇帝の居城である『茘枝城』を出て行った。

現在の赤奏国は、皇帝派と堯佑派の二つに分かれ、武力による全面対決がもう間近となっている。

皇帝『暁月』の皇后『莉杏』は、まだ十三歳の幼い少女である。

莉杏が十三歳になった日、皇帝が亡くなり、暁月が皇帝になろうとしていた。

そのことを知らない莉杏は、予定通りに茘枝城へ後宮入りを願いに行き、謁見の間にいた暁月を皇帝だと思いこんだ。そして暁月に「あなたの妃になりたい」と言ってしまった。

赤奏国には、妻をもたない者は皇帝になれないという決まりがある。

暁月にとってちょうどいいときに現れた莉杏は、暁月に騙されてそのまま結婚をしてしまい、皇后にもなってしまった。

あとになってから真実を教えられた莉杏は驚いたが、赤奏国の現状を知り、国を救いたいという暁月の気持ちに共感し、暁月のわかりにくい優しさに触れて心惹かれ、恋をし、暁月の傍にいたいと自ら願うようになった。

莉杏の現在の目標は、暁月にも恋をしてもらうことである。そのためにも、立派な皇后になるための勉強をがんばらなければならない。

（今はまだ、陛下のお妃さまはわたくし一人だけれど、いずれは陛下の後宮に何十人ものお妃さまが暮らすようになるわ）

華やかな後宮の中で行われる妃同士の戦いに、莉杏は勝たなくてはならない。暁月の寵愛を手にするために、美しさと教養を磨き続けるのだ。

しかし――……それも少し前の話である。莉杏の先生になった人たちが、堯佑の反逆と同時にいなくなったので、最近の莉杏は一人でもできることしかしていない。

皇后としての仕事である茘枝の木の世話と実の収穫。

部屋で歴史書を読んだり、楽器の練習をしたり、書や刺繍の練習をしたりすること。

先生が残していった宿題を解くこと。

暁月が茶を入れてほしいと言ったらすぐに入れること。

（うう～……たったこれだけだなんて！）

茘枝城に残った官吏は、出て行った人の分の仕事もしなければならなくて、いつもとても忙しくしている。

その中で、莉杏だけは前よりものんびり過ごしていた。

（わたくしにもできることはないの？）

たくさん考えてみたけれど、逆にみんなへ負担をかけてしまうような『お手伝い』しか思い浮かばない。どうやら、暁月にできることを教えてもらわなければならないようだ。

本当は、自分一人で考えて、一人でやって、「よく気づいたな。助かった」と暁月に褒めてほしい。けれども、あとで多くの迷惑をかけるより、今少しだけの迷惑をかけるべきだ。

（……でも、今夜は珍しく早く眠れそうな陛下に、こんなお話をするのもどうかしら）

莉杏は皇帝の私室の奥にある寝室の寝台の上で、う～んとうなる。

寝る前に寝台の中で暁月と話をすることが、一日の中で一番好きな時間だ。本当は楽しい話だけをしたいのだが、今夜は諦めなければならなさそうだ。

「くだらない悩みごとはそろそろ終わったか？」

莉杏がよしと顔を上げると、いつの間にか眼の前に暁月がいた。

大好きな人の顔を間近で見ることになった莉杏は、うっとりとして……そうではないと慌てて首を振る。

「陛下、わたくしにもなにかできることはありますか!?」

疑問という形ではあるけれど、内容はなにかをしたいという『お願い』だ。

暁月は莉杏を押しのけて寝台に入ると、あくびをしながらどうでもよさそうに答えた。

「ここで『ない』って言っても、あんたは納得しなさそうだよねぇ」

莉杏がどうしてこんなことを言い出したのかも、暁月は既にわかっているらしい。莉杏が期待のまなざしを暁月に向けると、暁月は手を伸ばして灯りを消す。

「問題を出してやるよ。あんたに今できることはなんだ？」

「……問題、ですか？」

「そう。おれがこの問題の答えをあんたに教えてやっても、意味はない。あんたが考えてあんたが答えを出すという過程で、初めて意味が生まれる」

暁月の言葉を、莉杏はすぐに理解することができなかった。

（考えたらわかるようになるのかな……？）

真剣な顔で悩み始めると、暁月が莉杏の手を引く。

「もう寝ろ。あんたにしては遅い時間だ」

莉杏は、暁月の腕の中にいると、安心してすぐに寝てしまう。けれども、少しだけ眠気に抵抗したい気分だった。

「……陛下は、明日の朝も早いのですか？」

「早い。あんたは起きなくていいから」

暁月と一緒に寝て、暁月と一緒に起きて、そういう生活が今はとても難しい。

早くみんなで平和な暮らしができるように、莉杏はなにかをしたくてたまらなかった。

莉杏にもできることの一つに、茘枝の木の世話がある。

――儀式に使う分の茘枝の実を、皇后が収穫したらいいだけの話なんだけどねぇ。あんたはじっとしているのが苦手そうだし、あんたみたいな子どもが一生懸命に雑用している姿は健気に見えるから、今だけは点数稼ぎの雑用をしてもらうよ。

莉杏にとって、暁月の考えていることはいつも難しく、完全には理解できない。

それでも、今日は茘枝の木の世話をして、暁月に出された問題について考えればいいことならわかる。

「かごと、はしごと、それから……」

莉杏は庭に出て、茘枝の木の世話に必要なものを一つずつ確認していく。

小さくて軽いはしごは、いつも倉庫の中にしまわれている。早速取りに行こうと手にもっているかごを地面に置いたとき、白いものが落ちていることに気づいた。

「あら？　これは、……お手紙？」

莉杏は手紙を拾い上げ、くるりと裏返す。しかし、表にも裏にも、なにも書かれていない。

「もち主は誰なのかしら」

手紙を開けて読めば、受取人か差出人がわかるかもしれない。けれども、それはいくらなんでも失礼すぎる。

「もち主の方が落としたことに気づいて探しにくるかもしれないわ。そっとしておいた方がいいかもしれないわね」

元に戻すために莉杏がかがんだとき、頰にぽつりと冷たいものが落ちてきた。

「雨？」

いけない、と慌ててかごと手紙を抱えて屋根の下に入る。

ぽつぽつという音を立てていた雨は、あっという間に勢いを増し、しばらくやみそうになかった。

「どうしよう……」

雨に濡れてしまわないように、と思って手紙をもってきてしまった。でも、もしかすると雨の中、この手紙を探しにくる人がいるかもしれない。

莉杏は、手紙が落ちていた場所を眺められるところに移動し、雨上がりと手紙のもち主を待つ。しかし、雨はやまないし、手紙を探しにくる人もいなかった。

「それでもち帰ってきたって？」

夜遅くにようやく私室へ戻ってきた暁月は、卓上に置かれた手紙をじろりと見る。

「はい。雨が降っている間だけ預かるつもりです。お手紙が濡れて読めなくなったら、もち主の方が困ってしまうかもしれませんから」

「ふうん？　余計な親切ってやつだな」

暁月は、外に落ちていたという手紙に興味を惹かれなかった。反対に、莉杏は眼をきらきらさせて手紙を見つめている。

「明日、あんたはわざわざ手紙のもち主捜しでもしてやるわけ？」

平和な予定だなと暁月が言えば、莉杏は胸を張る。

「陛下、このお手紙はですね……」

　莉杏は一度言葉を切り、両手で手紙をもって暁月に突きつける。

「絶対に恋文です！」


　自信満々という莉杏を、暁月は「くだらない」という顔で見つめた。

「あんたの頭の中身、そればっかりだよねぇ」

　暁月は、宛名も差出人も書かれていない手紙という情報だけで、よくそこまで妄想できたなと感心する。

　莉杏は頬を膨らませ、もっとしっかり手紙を見てくれと暁月に近よった。

「この手紙には、宛名も差出人も書かれていません」

「それで？」

「相当親しい関係でなければ、このような手紙にならないと思います。お仕事の手紙やお礼の手紙、謝罪の手紙なら、きちんと形式を守るはずです。それに、宛名も差出人も書いていないことから、手渡しするつもりだったことがわかります」

　莉杏の推測に、暁月はなるほどねと頷く。

「宛名を書く前って可能性もあるけれど、普通は中身を書ききったら、そのまま宛名も書くだろうしねぇ。でも恋人に限定しなくてもよくないか？」

　暁月は、親しい友だちに手紙を書くことはあるのかと問われたら、一度もないと答える人間だ。しかし、手紙というものをやたらと好む人間がいることも知っている。

「このお手紙は、お庭の茘枝の木の下に落ちていたんです。木の下にいなければならない用事は、恋人との待ち合わせに決まっています！　想いがこめられたこの恋文は、きちんともち主に返してあげなければいけません！」

　莉杏は拳を突き上げ、がんばりますと宣言した。

「なるほどね。歩いているときに落としたって可能性もあるけれど、茘枝の木の下なんて官吏の通り道じゃないし、待ち合わせ場所で落としたって考える方が自然かもな。同僚に渡すつもりなら、相手の仕事部屋に行く方が早いだろうし……」

　暁月は、手紙が木の下に落ちているところを想像したあと、もう一つの可能性に気づく。

「……あんたさぁ、これ、どこの茘枝の木の下で見つけたわけ？」

「ええっと、北側の茘枝の木がたくさんあるところです。前に陛下がお昼寝していた辺りの大きな茘枝の木の下！」

　莉杏の説明を聞いた暁月は、「あそこか……」と真剣な表情で呟いた。

「この手紙、堯佑の間諜の連絡に使われているって可能性もあるな」

「ええっ!?」

　恋文であることに自信をもっていた莉杏は、突然の新しい説に驚く。

「人目につかないところで、宛名も差出人もない手紙をわざと落とす。仲間がそれを拾う。別のやつに拾われても、ただの手紙だと思ってもらえる」

「では、このお手紙は……！」

ひえっと莉杏は息を吞んだ。無事にもち主の元へ戻してあげたいという気持ちでもち帰ってきたけれど、とんでもないことをしてしまったのかもしれない。

「ただの可能性だ。どうせ私的な手紙に決まっている。今の茘枝城内は、人がまったくいない。手紙をわざわざ落とさなくても、誰にも気づかれないように連絡する方法なんていくらでもあるからな。それに、あんたにあっさり見つかるような方法でやりとりをするなんて、間諜なら絶対にしない」

暁月はにやりと笑い、莉杏の手から手紙を奪う。ためらうことなく手紙を広げ、読み始めた。

「陛下⁉　そんな失礼なことをしてはいけません！」

「おれは皇帝だから、落ちている手紙を好き勝手に読んでも失礼にならないんだよ。……あ？　なんだこれ？　なんていうか……」

暁月はなんとも言えないという顔になり、もう一度手紙を読み返す。

「陛下？」

「……ふ〜ん。まあ、普通の内容じゃない？」

暁月は手紙を元に戻し、ぽいっと莉杏に投げる。

「あんたの好きにしなよ」

「はいっ！」

害はなさそうだと判断した暁月は、寝室を指差した。

「あんたは先に寝ていろ。おれはもう少し仕事をする」

「ならわたくしは、陛下のお仕事が終わるのをここで待ちます！」

莉杏は、夫を待つという仕事をがんばりたいけれど、でも邪魔になってはいけないので、離れた場所に自分の椅子を移動させる。

「そこで寝ても、おれはあんたを寝台に放りこんでやらないからね。……あ～あ、嫌だ嫌だ、あの白楼国の皇帝に手紙を書かないといけないなんて」

暁月は、最高級品の筆と硯と墨と紙を用意する。莉杏は水差しの水を慌てて硯に入れ、ちょっとだけ暁月の仕事を手伝った。

「宛名も差出人も書かずに送ってやろうかな」

暁月のぼやきに、莉杏はうふふと笑う。

「陛下と白楼国の皇帝陛下は、仲がとてもよろしいのですね」

宛名も差出人も書かない手紙は、親しい間柄でないと出せない。莉杏は暁月の交友関係をまた一つ知ることができて嬉しくなる。

「阿呆なこと言わないでくれる？　おれはあいつに失礼なことをしたいだけだよ」

なんで伝わらないんだと暁月は呆れ声を出しながら、乱暴に手を動かした。迷いのない動きで綴られる文字は、莉杏が手本としている書よりもびっくりするほど豪快だ。

「陛下、そんな字で手紙を書いてもよろしいのですか？」

あとで書き直すのだろうかと莉杏が心配すると、暁月は書き終えた手紙を指先でつまみ、ひらひらと動かして乾かす。

「いいんだよ。おれが怒っていることを、あいつにしっかり伝えたいからな。おれはあいつを頭の中で五十回は殺したし、今また殺した。これで五十一回目だ」

物騒なことを暁月はあっさり言うが、それは逆に殺すつもりはないという意味でもある。政治の世界は莉杏にとってとても難しい。

「軍を貸してくださいなんて手紙、なんで書かないといけないいんだろうねぇ」

暁月は嫌そうな顔で形式通りに宛名を書き、自分の名も記す。放り投げるようにして筆を置いたので、莉杏はそれをそっと置き直した。

「……陛下、もうすぐ反乱軍との戦が始まるんですよね？」

「そうだよ」

「どうしても大勢の人で戦わないといけませんか？」

この国の人だけでは勝てないから、暁月は白楼国の軍を借りることにした。

国を二つに分け、さらに白楼国も巻きこむこの戦いは、きっと多くの人が死ぬ。

そんなことは嫌だと皆が思っているはずなのに、どうして避けられないのだろうか。

「少しの人間が死ぬことでどうにかなる段階はすぎた。多くの人が死なないと決着がつかないところまできたんだよ」

「話し合いでの決着は無理なのですか？」

「今、手紙でやっているよ。堯佑の手紙には『死んだら許してやる』って書いてあったぜ」

暁月は楽しそうに笑う。莉杏はそうだったのかと肩を落とした。

「それでも、なんとかならないのでしょうか……」

莉杏の小さな呟きに、暁月は「ならない」とはっきり答えた。

「でもなんとかしたいと考え続けろ。それが一番大切だ」

「……はい！」

暁月の言葉と想いが違うのはどうしてなのか。

その矛盾を説明できる人が『暁月に相応しい立派な皇后』だということを、莉杏はわかっていた。


――隣にあったはずのぬくもりが、消えた気がした。

莉杏は、一度寝たら朝まで起きることはないのに、珍しく夜中に眼を覚ましてしまう。

「へいか……？」

隣にいるはずの暁月を手で探すと、そこには温かさだけがあった。

「……陛下？」

手で眼をこすりながら横を見れば、暁月がいない。代わりにひんやりとした空気がすうっと流れてきて、暁月が外に出て行ったことを教えてくれた。

「夜遅くにどこへ……？」

莉杏の胸がなんとなくざわつく。寝室を出て、暁月の服を確認してみたところ、暁月は寝間着のままだとわかった。

（ま、まさか……!?）

着替えもせずにひっそりと出て行くなんて、仕事ではない。

親しい誰かと話す必要があったとしても、皇帝の私室にきてもらえばいい話だ。

（わたくしに隠しておきたい相手……！　もしかして逢い引きなのでは!?）

夫婦の危機……！　と莉杏はわくわくしながら寝間着のまま廊下に出る。

扉の向こうには部屋を守っている兵士がいて、一人で出てきた莉杏に驚いていたが、莉杏は人差し指をくちに当てて「静かに」と示した。

「陛下に忘れものを届けたら戻りますね」

忘れものを届けたいのであれば、静かにする必要はまったくないのだが、莉杏が堂々と言いきったため、兵士たちはうっかり納得してしまう。

「陛下はどちらに？」

「あちらに向かわれました。お気をつけて」

「ありがとう」

暁月は忘れものをしていないけれど、莉杏は危険で勝手な行動を止められないように嘘をついた。

足音を殺しながら暁月を捜すと、真っ暗で静まり返っている廊下の向こうで、さらに濃い影が動く。

（陛下だわ！　この先に陛下の秘密があるのね……！）

暁月の目的が逢い引きならば、莉杏は相手の女性の顔をしっかり見ておかなければならない。今はその女性に勝てないかもしれないけれど、いつかはと拳を握る。

（どうしよう。すごく大人になった気分。物語の中みたい……！）

そわそわしつつ暁月にこっそりついていくと、暁月は厨房に入っていった。

莉杏は首をかしげ、反対側にも首をかしげ、なぜここなのかと不思議に思う。

「逢い引きは、もっと素敵な場所でするものよね？」

月が映る湖や、花が咲き誇る大きな木の下や、想い出の花畑であるべきだ。

逢い引き場所に納得できないまま莉杏も厨房へ入ると、灯りがぱっとついた。

どきっとして立ち止まれば、莉杏の気配を感じた暁月が振り返る。

「誰だ⁉　……って、あんたか。……うん？　はぁ⁉　なんであんたがここに⁉」

一度は納得しかけてため息をついた暁月が、勢いよく驚く。

莉杏は莉杏で、暁月の手の中にある鉄鍋を見て、なぜ鉄鍋なのかと驚いた。

「陛下の逢い引きの相手は料理人なのですか⁉　そしてこれから、鍋や包丁を使った血みどろの痴話喧嘩を……⁉」

いけません！　と莉杏は叫んで暁月の腕に飛びつく。足がぷらんと浮いてしまったが、絶対に離すものかと手に力をこめた。

暁月はため息をついたあと、莉杏にしがみつかれている腕を下ろし、莉杏の足の裏を床につけてくれる。

「どうしてそういうことになるわけ？　あんたの妄想は全部違うね。間違いない」

「ええっ⁉　逢い引きではないのですか⁉」

「あんたの頭の中身って、そればっかりだよねぇ」

暁月は莉杏に呆れながらも、誤解が生まれるようなことをたしかにしたと反省した。

妻に内緒で夜中にこっそり寝室を抜け出せば、浮気を疑われてもしかたない。

「おれは腹が減っただけだよ」

「……お食事、とっていなかったのですか⁉」

最近の暁月はとても忙しく、莉杏と一緒に食事をとらないことも多かった。

今日も莉杏は夕食を一人寂しく食べることになってしまったのだが、まさか自分の知らないところで暁月がそんなことになっていたなんて、と衝撃を受ける。

「違う。一応食べたよ。仕事の合間に軽くね」

でもさぁ、と暁月はもっている鉄鍋をかまどの上に置く。

「たまには舌をやけどするぐらいの熱いものが食いたいんだよ」

皇帝の食事は、毒見係に食べさせなければならない。毒見をした時点で毒見役に異常がなくても、あとからじわじわ効いてくる毒という可能性も考え、皇帝は毒見後すぐに食べるようなことはせず、少し待ってからようやく食べることができるのだ。

「夜中に料理人と毒見役を叩き起こすのも悪いし、毒見の最中に冷めるし、なら自分でやるか～ってね」

暁月は厨房を見渡し、必要なものを次々に取り出していく。

莉杏は暁月の気遣いに感激したあと、暁月の行動に驚いた。

「陛下はお料理もできるのですか⁉」

「軍にいたから、行軍用の焼くだけ煮るだけ料理ならねぇ」

あんなの阿呆でもできるだろ、と暁月は野菜を手に取り、包丁で切っていく。とんとんとんという軽い音が厨房に響いた。

（すごい！　陛下はなんでもできてしまうのね！）

祖母の料理を手伝うという経験しかない莉杏にとっては、暁月のかまどに火をつける動きも、野菜を洗ってから包丁を使って端を揃える動作も、野菜を一定の大きさになるように刻むのも、まな板を持ち上げて包丁を使って一気に野菜を鉄鍋へ入れる動作も、野菜が零れないようにかき回す手つきも、すべてが格好よく見えてしまう。

頬を赤くしてうわぁうわぁと喜んでいると、いい匂いが広がった。

「あんたさぁ、辛い味は……いや、夜中に辛いものを食べる気にはならないし、辛さは控えめにしておくからね」

暁月は、莉杏に気を遣い、辛さをかなり抑えた味つけに変更する。そのことを正直に言うと莉杏がうるさくなるので、夜中だからと言い訳した。

「分量通りにやれば、不味くはならないんだよ。……ほら、できた」

野菜を切って炒めて味をつけるだけ、という簡単な料理は、すぐに完成した。

暁月は箸で炒めものを少しつまみ、息を吹きかけて熱を冷ます。

「はい、味見」

莉杏のくちもとに、おいしそうな炒めものが触れる。莉杏は迷うことなくぱくりとくわえた。久しぶりの熱々の食べものに舌がびっくりしてしまい、思わず手でくちもとを覆う。

「……！」

ぴりっとする味付けがとてもおいしくて眼を輝かせる莉杏に、暁月はよしと頷き、自分も味見をした。

「なんかどっかで食った味だな……。まぁ、いいか」

暁月は皿を二つ出し、一つは多めに、一つは少なめに盛りつける。箸をもう一膳もってきて、莉杏に少なめの皿と箸を差し出した。

「あんたにも分けてやるから、黙っておきなよ」

「はいっ！　夫婦の秘密ですね！」

「そうそう、それ。夫婦の秘密」

莉杏は椅子に座って卓に皿を置き、湯気を立てている炒めものを箸でくちに運ぶ。くちびるに近づけるだけでも熱くて、ふーふーと冷ましながら食べた。

「陛下！　すごくおいしいです！」

茘枝城の料理人の手でつくられる最高の料理を毎日味わっている莉杏だが、少し前まで祖母につくられた素朴な料理を食べていたのだ。懐かしさを感じる味に、自然と顔がほころぶ。

「城下の食堂って感じの味だな。……ごちそうさまっと」

暁月は熱さを楽しみながら食べ終えると、これまた手際よく皿を洗う。

手伝えることを探して莉杏が暁月の周りをうろうろしていれば、暁月に「お茶」と言われた。

暁月がこれとこれ、と指差すので、莉杏はその通りに動く。

普段とは違い、まずは鍋に水を入れ、かまどの上に置いた。

泡がぼこぼこと出てきたら、柄杓でお湯をすくって直接茶瓶に注ぐ。

「……わたくし、お料理を覚えた方がいいのでしょうか」

莉杏がぽつりと呟けば、皿をしまい終えた暁月が振り返る。

「はぁ？　あんた、料理を覚えてどうするわけ？」

「陛下につくってさしあげたいなって」

茶を入れることは、妃の教養の一つだ。

しかし、料理は妃の教養に含まれていない。料理は、料理人の仕事なのだ。

「料理は皇后に必要な技術じゃないんだけど？」

「でも……！」

料理を今すぐに覚えたいと願えば、先生を探すという誰かの仕事を増やすことになる。

それは莉杏もわかっているけれど、なにかがしたくて落ち着かない。

「おれは自分でつくれるから、あんたにつくってもらう必要を感じないけれどね」

「ううっ……」

その通りだけれど、莉杏はもっと暁月の役に立ちたいのだ。

（今のわたくしにもできることってなんだろう）

暁月から出された問題の答えは、まだ欠片も見えてこない。

莉杏がう～んと悩んでしまうと、暁月が鼻で笑った。

「あんたはさ、おれがつくったものを喜んで食べていればいいんだよ」

暁月はそう言いきってから、すごく馬鹿馬鹿しくて甘いことをくちにしたような気がしてしまう。けれども、莉杏が特に気にしていなかったので、ほっとした。

「泉永に叱られるときは一蓮托生だからね」

「はいっ！　わたくしたちは夫婦ですから当然です！」

暁月は、莉杏の嬉しそうな笑顔を見るとつい気が緩み、余計なことを言いそうになってしまう。莉杏だけで解かなければいけない問題に、手を貸すわけにはいかないので、しっかりしろと自分を叱った。

「あんた、結局手紙はどうするつもり？」

うっかり助言を与えてしまうという事態を避けるために、暁月は話題を変える。

すると莉杏は、思っていた以上に手紙の話へ食いついてきた。

「わたくし、色々考えたのですけれど、『お手紙のもち主は誰なのか』とわたくしが聞き回れば、もち主の方が自分のものだと言い出しにくくなることもありますよね？」

「そりゃあね。あんたの手にある以上、あんたに読まれたかもって想像するだろうよ」

莉杏は明日、色々な人に聞き回るつもりだったが、やめることにした。

もち主が、落とした手紙をためらうことなく手に取れるよう、工夫する必要がある。

「できれば、わたくしが預かっていたことを知られないようにお返ししたいのです」

「ふ～ん。でも、それって、今から元の場所に返してびしょ濡れにするってこと？」

「大事なものかもしれないお手紙に、そんなことはできません！　……でも、濡れていないと不自然ですよね」

手紙は、気持ちを伝えるものだ。恋人への手紙なのか、片想いを募らせて書いたものなのかはわからないけれど、こめられた恋心をあるべきところへ戻したい。

莉杏がどうしようかと考えこんでいると、暁月は楽しそうに莉杏を見る。

「あんたってさぁ、どうでもいいところを気にするよねぇ。たかが手紙なのに」

「だって、陛下。伝えたいと願ったものが伝わらないのは、とても寂しいことです」

莉杏は、寝る前に暁月が書いていた手紙のことを思い出した。暁月も白楼国の皇帝に怒りを伝えたくて、あれこれと工夫をしていたはずだ。

（陛下はお仕事ばかりで本当に大変だわ。わたくしは陛下を少しでも癒やしたい）

料理はできないし、茶は入れたばかりだし、他に自分にもできる方法は……。

「……あ！　わたくしが恋文を渡したら、陛下は嬉しくなりますか⁉」

莉杏は「これだ！」と身を乗り出す。

しかし、暁月はどうしてそんな話になったのかが、まったくわからなかった。

「なんであんたが手紙を書くことになっているわけ？」

「陛下は白楼国の皇帝陛下に怒りをこめた手紙を書かなければならなくて、堯佑元皇子から死んだら許してやるというお手紙をもらっていて、お手紙で大変な思いをしてばかりいるので、わたくしがお手紙で励ました方がいいかなと思ったのです。お料理はできませんが、お手紙を書くことならわたくしにもできます！」

「へぇ、そういう思考だったのか。……手紙ねぇ、好きにしろよ。読むか読まないかはおれの勝手だ」

暁月は笑いそうになる。莉杏はもうほとんど答えを出していた。あと少しだ。

「わたくしの恋文に、いつかお返事を書いてくれますか？」

「いつかでいいわけ？」

「今、陛下がとても忙しいということだけは、わたくしもわかっています。いつかお暇ができたときでかまいません」

「あんたって、健気なのか図々しいのか、いまいちわかんねぇな」

暁月は莉杏の額を指先ではじく。

「気が向いたらな」

暁月の約束ともいえない言葉一つで、莉杏は嬉しくなってしまう。

今夜は眠れないかもしれないと感激している莉杏を、暁月は静かにしろとなだめながら部屋に戻った。

翌日、莉杏は雨が降っている間に暁月への手紙を書いた。

しかし、書いているうちに想いがあふれていって、枚数がどんどん増えてしまう。

莉杏の重たすぎる愛をたっぷり詰めこんだ手紙は、文字の練習もかねて、ゆっくり仕上がっていった。

「できた……！」

莉杏はわざと宛名も差出人名も書かずに、そのまま卓上に置いておく。

「陛下にいつ渡そうかしら」

莉杏は、暁月がこの手紙を受け取ってくれる姿を想像してみた。

——手紙には、想いがこめられている。

渡せなかった手紙にも、渡せた手紙にも、誰かの物語があるのだ。

「落ちていたあの手紙も、絶対にもち主に戻してあげましょう！」

しかし、気合は充分でも、拾ったことを内緒にしたまま返す方法はまだわからない。

「茘枝城のお庭で手渡しをする恋の手紙……ん？　うん？」

莉杏は素敵な男女の姿を想像し、ようやく大事なことに気づいた。

「はっ……も、もしかして……」

今の茘枝城は、とても人が少ない。元々少なかった女性官吏は、武官の翠碧玲のみになっている。

つまり、この手紙が恋文であれば、碧玲宛てか、もしくは碧玲が誰かに渡したということになるのだ。

「大変です！　大変！　碧玲の恋の手紙……！」

莉杏の警護をよく任されている碧玲は、十九歳の女性武官だ。美しい黒髪をきっちり一つにまとめている凛とした美人である。

いつも真面目なあの碧玲の恋が、あの手紙に包まれているのなら、絶対になんとかしたい。

「まずは情報収集からです！」

碧玲へ手紙について直接尋ねてはならない。恋は自分で育てるものであり、部外者はお節介を我慢しなければならないのだと、莉杏は祖母から教わっていた。

碧玲と親しくしていて、恋に詳しそうな人。

莉杏は、皇帝の私室を見回りにきてくれた武官の功双秋に声をかけ、落ちていた手紙について話してみた。

双秋は、禁軍にいたころの暁月の世話役のようなことをしていて、暁月にも物怖じせずになんでも話せるという強い心のもち主である。

「碧玲に好きな人？　いや、絶対にいないですって」

双秋は、笑顔で言いきった。けれども莉杏はめげずに、「でも」と食らいつく。

「こっそりどなたかとおつきあいしているという可能性もあります」

碧玲だって女の子だ。好きな人がいてもおかしくない。

しかし、双秋は声を立てて笑い、もう一度否定してきた。

「絶対にないです。嘘が上手なお嬢さんに見えますか？」

「……見えません」

「そういうことです」

碧玲はとてもまっすぐな人なので、嘘は不得意分野だろう。嘘を見抜くのが上手そうな双秋を騙すなんて無理だ。

「では、碧玲に片想いしている方が書いたお手紙なのでしょうか」

「二択ならそっちでしょうね。……でもまあ、女性官吏ってのは、あんまり同僚に好かれないんですよ。碧玲に片想いしているやつなんていないでしょうね」

美人でとても真面目な碧玲が、同僚に恋愛的な好意をよせられていない。

そんなことがあってもいいのかと莉杏は驚く。

「今のところは、『碧玲は優秀な武官として認められているからこそ女扱いされていない』と思っておいてください」

双秋の説明に、莉杏はなるほどと頷いた。仕事に恋愛感情をもちこまないのは、それだけ仕事熱心という証で、褒められるべきことである。

(そうよね。進勇も碧玲も、とても真面目だもの。双秋はちょっと変わっているけれど、でもやっぱり真面目にお仕事をしているわ)

莉杏は、官吏の人たちはすごいと感心しながら、改めて手紙を見つめた。

「なら、このお手紙は、碧玲のものではないし、碧玲宛てのものでもないのですね」

「多分そうだと思います。でも恋文っていうのは、俺はけっこういいところをついている気がするんですよね。宛名も差出人もないから手渡しで、しかも仕事では通らないところに落ちていた。……皇后陛下はまだ想像できないかもしれませんが、世の中には女性が女性を恋い慕うこともありますし、その男性版もあります」

「女性が女性を恋い慕う……その男性版も……」

莉杏はしばらく考え、「あっ！」と叫ぶ。

「男性版だったら、もち主捜しは不可能ではありませんか⁉」

「ですねぇ」

捜索範囲があまりにも広がってしまう。莉杏はもち主捜しを諦めなければならないようだ。

「今から木の下にそっと置いておくのはどうですか？　そろそろ雨があがりますし、文字が判別できないほど濡れるということはなさそうです」

木の下に落ちている手紙は、雨に降られても、運がよければ少し濡れるぐらいですむ。

双秋の案は、現時点での最善策だ。

「わたくし、こんな大変なときに書かれた手紙だからこそ、強い想いがこめられていると思うのです。大切な手紙が濡れていたら、がっかりしてしまいますよね……」

「……いやいや、皇后陛下はお人好しですね。それだけ大事にしてもらえたら、この手紙も喜んでいますよ。きっとね」

「ありがとう、双秋」

莉杏は色々考えてみたけれど、双秋の案を採用するしかなさそうだと判断する。

しかたなく、手紙をもって北側に生えている茘枝の木のところへ向かった。雨はやみかけていて、ときどきぽつぽつと地面を濡らすだけになっている。

「濡れないところに落ちていたらよかったのに。もし、わたくしが陛下宛ての手紙を濡れるところに落としてしまっていたら、きっと泣いてしまったわ」

想像をしただけで、莉杏は悲しくなってきてしまった。

「晴れている日に、外へ出かけて手紙を落として、落としたことに気づいたのは雨が降り始めたあと。……落とした手紙を探しに行くとわたくしが言い出したら、雨がやんでからにしなさいと、みんなに叱られてしまうでしょうね」

もしかすると、代わりに探してくるから、と莉杏をなだめる人もいるかもしれない。

「それなら……」

──落としたことに気づいたのはいつですか？　今日はどこに行きましたか？

莉杏はそんな質問をされ、朝からの動きを思い出すはずだ。

「手紙は午前中に書いて、もったまま外に出て茘枝の木の世話をして、雨が降ってきたからお部屋に戻りました。そのあと、手紙をなくしたことに気づいたのです、と言うわ」

莉杏の返事を聞いた相手の反応は……。

「『このお部屋から外まで、順番にすべてを見てきますね』って」

莉杏はそこで言葉を止める。なにかがおかしい。

「……『すべて』？」

落とした場所を探すはずでは？　と不思議に思ったあと、莉杏は叫んだ。

「心当たりを探すわ！　探す場所は一つに限らない！」

手紙のもち主が茘枝の木の下で誰かと待ち合わせをしていたのなら、その前に通った道と、その後に通った道も探しにいくはずだ。この手紙は、拾った場所に戻さなくてもいい。

「どこにしよう。ええっと……」

近くの廊下に置けば、親切な誰かが拾ってしまうだろう。その人がもち主捜しをするならいいけれど、捨ててしまったら大変だ。

「心当たりを探しても見つからなかったら、諦めてしまうかしら？　あ、その前に誰かに訊く！　わたくしなら、掃除をしている人や心当たりのある場所を通りそうな人、お庭に行ったことがあるなら……庭師にも訊いてみるかも」

庭で拾われたもので、捨てるという判断をされてしまったら、手紙はどこへ行くのだろう。

「枯れ葉置き場！　枯れ葉置き場なら屋根がある！」

莉杏は、落ちて潰れてしまった茘枝の実を、枯れた枝葉を集めておく場所へ置きにいっている。枯れ葉置き場には屋根があって、集めた枝葉をそこでしっかり乾かして、まとめて焼却することになっているのだ。

「大事な手紙なら、きっと枯れ葉置き場まで探しにきてくれるわ」

莉杏は急いで枯れ葉置き場に向かう。

屋根があるおかげで、集められている枯れ葉や枯れ枝は濡れていなくて、手紙を置いても大丈夫そうだ。

「これでよし、と」

強い風が吹きませんように。探しに来る人がいますように。

莉杏はそんな祈りを捧げてから、そっとこの場を離れた。

「今日はとてもいいことができました！」

手紙を濡らさずにもち主へ返すという難問が解けて、莉杏の気分がよくなる。

最近はずっと焦りを感じていたけれど、今だけはすっきりしていた。

（『できた』には素敵な効果があるのね。わたくし、皇后になってから、ずっと『できた』に恵まれていたみたい）

恵まれていた、というところで、はっとする。

「ううん、わたくし、そうしてもらっていたの」

莉杏は『がんばればできること』をたくさん用意してもらえた。そして、『できた』のあとは必ず褒めてもらえた。あれはすべて莉杏のためだったのだ。

最近は、優しい人たちによって用意されていたわかりやすい成長がなくなってしまい、勝手に焦っていたのだろう。

（みんな忙しいから、わたくしはそろそろ自分で『できた』を用意しないと！　今のわたくしにできることって、茘枝の木の世話をしたり、こうやって落ちているお手紙をもち主の人へ返そうとしたり……。うん、でも、それでいいのかも）

茘枝城に残った人たちは、仕事が増えて忙しい。いなくなった庭師の代わりに茘枝の木の世話をすることなんてできないし、手紙のもち主捜しも後回しにするだろう。

（でも、わたくしはどちらもできる。余裕があるから）

わかりやすい成長の代わりに、今できることをしたら、みんなを陰から支えることができるのかもしれない。

「わたくしは、できることを増やさなくてもいいのね」

——あんたに今できることはなんだ。

その答えは、『今できることをする』だ。

ようやく莉杏は、暁月の問題を解くことができた。

夜中、一人で寝ていたはずの莉杏（りあん）は、なぜか眼を覚ました。

どうしてだろうかとぼんやり暗闇を見つめていれば、寝室の扉が開く。

「陛下！　お帰りなさい！　お腹がすいたのですか？」

夜中にこっそり寝室を出て行こうとしていた暁月を、莉杏は引き留めた。

暁月はしまったという顔で振り返る。

「あんたさぁ……そんなに眠りが浅かったっけ？」

「いつもはきちんと朝まで眠れるのですけれど、今夜はなんとなく？」

暁月の帰りが嬉しくて、莉杏は完全に眼を覚ましてしまった。寝台から降りて暁月に駆けよると、乱暴に頭を撫でられる。

「察しがいいやつだな。ほら、こいよ」

「いいのですか!?」

「駄目だと言ってもあんたは勝手についてくるからさぁ。夜は絶対に一人で出歩くなよ。誘拐されても知らないからな」

暁月の許可をもらった莉杏は、暁月と一緒に真っ暗な廊下をうきうきと歩いていく。今夜もまた、寝間着のまま厨房へ入った。

「陛下、今夜はなにをつくるのですか？」

「熱い汁もの。ほら、危ないから火には絶対近づくなよ」

昨夜と同じく、暁月は手際よくかまどに火をおこす。鉄鍋に水を入れてかまどの上に置いたあと、野菜を少しずつ勝手にもらい、包丁で切って次々に入れていった。

「こんなもんか」

暁月は塩と香辛料を入れて味を調え、さじを使って味見をする。いい味だと褒めたあと、汁ものを椀に入れた。

莉杏は暁月から椀を受け取り、椅子に座る。さじで汁をすくい、ふうふうと息を吹きかけてみたが、飲むとやけどしそうなほど熱かった。

「おいしいです！」

「たしかに美味いな。……これ、また飲みたいかも」

自分でつくった料理なのに、暁月は他人事のような感想を言う。今まで何度もつくって食べてきたお気に入りの料理というわけではないのだろうか。

「そういえば、昨日の手紙をどうしたわけ？」

暁月に問われた莉杏は、手を止めた。

「そうです！　お手紙！　わたくし、お手紙のもち主捜しをすることで、陛下に出された問題の答えがやっとわかりました！」

「ふぅん？」

暁月も手を止め、にやりと笑って莉杏に続きを促す。

「答えは、『今のわたくしにできることをがんばる』です。茘枝の木の世話をしたり、ひとりでお勉強したり、書物を読んだり、落としものを見つけたらもち主を捜したり……。それがきっと忙しい皆さんの支えに少しだけなると思うのです」

莉杏の瞳は、余裕という穏やかさを得たことを暁月に伝えた。

暁月は、たった一日で答えを出した莉杏に、成長が早すぎると文句を言いたくなる。

「正解。今はあんたにできることをしたらいい」

やった！　と莉杏は正解できたことを喜んだ。

「わたくし、お手紙のもち主捜しもがんばりました！　結局、もち主が誰なのかはわからなかったので、落ちた枝葉や茘枝の実を集めて乾かすところに置いてきたのです」

「ふ〜ん、悪くないんじゃない？　拾われたけれど捨てられた、って見えるし。それなら探しにきたやつも、中身を読まれていなさそうだってほっとできるだろうしねぇ」

暁月に褒められ、莉杏は嬉しくなる。

最後の最後で、自分が暁月への恋文を落としたら、と考えて本当によかった。

「まあ、あの手紙を探しているやつに、そんな配慮はいらなかっただろうけれど」

暁月が手にもっているさじをくるりと回す。

莉杏は瞬きを二度した。

「どうしてわかるのですか？」

「中身、これが書いてあったから」

暁月はさじで汁ものの椀をこんこんと叩く。

莉杏は熱い汁ものを見て、首をかしげてしまった。

「あの手紙には、この汁ものと昨日の炒めものの食材と調理の手順が書いてあったんだよ。男の字だった。誰かにつくり方を教えようとしたものを落としたのか、書いてもらったものを落としたのか、それはわからないけれどね」

暁月はさじで汁をすくい、くちに運ぶ。美味い、と呟いた。

「っ、えええ⁉　陛下、それなら手紙のもち主を直接捜した方がよかったのではありませんか⁉」

「一応、阿呆すぎる間諜が書いた暗号文って可能性も考えて、念のために書かれている内容をそのまま実行してみたんだよ。絶対に違うだろうけれどね」

もしかすると厨房で落ち合うという意味があるのかもしれないし、ここに書かれている材料に連絡事項がはさまっているかもしれない。

暁月は考えすぎだとわかっていても、万が一の可能性を潰すために二日かけて色々試してみたのだ。

「お料理の手紙……」

恋の手紙だと信じきっていた莉杏は、改めてあの手紙のもち主のことを考えてみる。

（手紙の差出人と受取人は、とても親しくしていて、料理を教えている。……きっと素敵

なお友だち同士だわ）

うん、と莉杏は微笑んだ。

「お手紙があるべきところに戻れば、受け取った人がおいしい炒めものと汁ものを食べられるかもしれませんね。よかったです」

見つけたときに喜ぶだろうなぁ、と莉杏が想像の翼を羽ばたかせると、暁月がそんな莉杏を笑い飛ばした。

「そこでさぁ、『な〜んだ、恋文じゃないのか』ってならないの、あんたの特技だよねぇ」

「だって陛下！　恋文に限らず、お手紙には想いがこめられているのですよ！」

たとえ料理の手順が書かれているだけだとしても、書いた人は気持ちをこめている。料理を教えようとした手紙の差出人は、受取人においしいものを食べてほしかったのだ。

「書いた人の気持ちがきちんと伝わりますように」

自分が手紙の差出人で渡す前に落としてしまっていたら、自分が手紙の受取人で受け取ったのに落としてしまったら、すごく落ちこんだだろう。もし落とした手紙を見つけることができたら、絶対に嬉しい。

「わたくしね、もし陛下への恋文を落としたらと考えて、落とした手紙は雨の中でも探しにいくと思って……」

莉杏は、どうして茘枝の木の下に戻さなかったのかという説明をしつつ、暁月への愛をしっかりまぜる。

暁月は、莉杏の話をはいはいと聞きながら、疲れた身体がほんの少しだけ楽になったような気がした。


荔枝城の文官である舒海成は、二十代前半の青年である。

科挙試験の成績は十番以内だったので、官吏の人事を担当する吏部に配属されたが、そこからは特に目立った功績を立てることはなかった。

けれども、与えられた仕事へ真面目に取り組み、誰にでも優しく接するので、同期だけでなく、上司や後輩からも『真面目でいい人』という評価をされている。

そんな海成は、手の中にある手紙をじっと見つめた。

どこかで落としたと気づいたときには、雨が降っていたのだ。もう見つからないだろうと半分諦めたのだが、運よくこの手に戻ってきてくれた。

「海成、なくしたものが見つかったって？」

落としものをしてしまったという海成の嘆きを聞かされていた同僚が、よかったなと喜んでくれる。海成は手紙を軽くもち上げ、本当にと笑った。

「庭師が拾って、丁寧に捨ててくれていたみたい」

「……丁寧に捨てる？」

同僚は、なんだそれと首をかしげる。

「取りにくる人のために、わかりやすく枯れ葉置き場に置いてくれていたんだ。取りに行かなかったら、そのまま燃やすつもりだったみたいだけれど」

海成は、茘枝の木の下で昼寝をしたときに落としてしまった手紙を広げる。そこには、炒めものと汁もののつくり方が記されていた。

「なにこれ、料理？」

「そう。お気に入りの食堂が店を閉めて田舎に逃げるっていうから、店主にいつも注文する料理のつくり方を教えてもらったんだ」

同僚はなるほどねと頷いたあと、ため息をついた。

「いいよな〜、田舎に逃げられるやつ。俺もそうしたいよ」

「ははは、俺もだよ」

茘枝城で働く官吏は、暁月につくか、堯佑につくかを誰もが悩んだ。

どちらかに縁のある者はいいが、どちらにも縁のない者は勝つ側につきたい。

たいていの者は、「実家に戻らなければならなくて……」と言って一度茘枝城を離れた。

彼らはしばらく田舎で戦局を見守り、勝ちそうな方につくつもりだろう。

「どっちが勝つんだろうなぁ」

海成は同僚の不安そうな声に、どうだろうと言いながら手紙をしまう。

「……このままだと堯佑皇子が勝つんじゃないかな」

同僚と別れたあと、海成は小さな声で本音をぽつりと零した。

二問目

赤奏国の宰相『蕗登朗』は、皇后『莉杏』の祖父である。息子夫婦が早くに事故で亡くなったため、孫娘である莉杏を引き取り、育てることになった。

莉杏が十三歳になった日、登朗は莉杏を連れて皇帝へ後宮入りを願いに行った。しかし、莉杏と出逢ったのは、皇帝ではなくて暁月だったのだ。

登朗は、皇太子を押しのけて新たな皇帝となった暁月に怒りをぶつけたが、国を救いたいという暁月の想いに触れ、自らを振り返った。そして、国の危機を感じながらなにもしなかった責任を、ここでとることにした。

登朗は宰相となり、暁月に言われた通りに動くという仕事をきっちり果たしている。けれども、今日はとても珍しく、驚きの声に文句のような響きをまぜてしまった。

「派遣される文官が芳子星ではない……ですと!?」

登朗の叫びに、暁月はつい「うるせぇ」と言ってしまった。本当はうるさくなかったのだが、無能だと言われたような気がして、子どものように反論したくなったのだ。

「珀陽のやつ、子星の代わりはいないから、万が一のことを考えると駄目だ、ってさ」

赤奏国は今、皇帝派と堯佑派に分かれ、大きな戦いは避けられないという状況である。

それだけではなく、多くの官吏が蕘佑についていってしまったため、茘枝城は国政の中枢としての機能を失ってしまった。

この危機をなんとか乗り越えるために、暁月は白楼国から文官を借りることにした。経験豊富で有能で政の指揮を執れる『芳子星』を希望したけれど、白楼国の皇帝『珀陽』は首を縦に振ってくれなかったのだ。

「代わりに別の文官が派遣されることになった。そいつの資料だ」

暁月は、派遣される文官の経歴が簡潔に書かれている書類と、派遣の受け入れに必要となる書類を登朗へ渡す。登朗はそれを読み、なるほどと呟いた。

「白楼国との交流制度を適用し、研修という形で呼びよせることになったのですね」

「そうだ。こいつが有能なのは間違いない。珀陽は可愛がっている文官に経験を積ませたいんだろう。でも、禁色をもたないこいつを、今から特別扱いするわけにはいかないってことだ。『宰相補佐』という役職をつくるから、あんたはこいつの指示に従ってくれ」

「御意」

登朗は、異国人に従えと言われても、その方がいいと快く頷くという期待通りの反応を見せた。

「こいつの迎えは進勇に……いや、いい、おれが行く。近くの道教院に用がある」

「道教院？　……ああ、あそこはたしかにやっかいなところですな。陛下が直接足を運ばれる方がよろしいでしょう」

登朗はすぐに暁月の意図に気づき、賛成する。

「それでは、今から吏部と相談して、宰相補佐という役職の作成の手続きをしてきます。陛下の道教院行きについても、禁軍に声をかけておきましょう」

「頼んだぞ」

登朗が部屋から出て行くと、暁月はくるりと振り返り、莉杏の顔を見た。

「しっかり聞いていたか？」

「はい！」

「おれはなんて言ってた？」

「……白楼国から派遣される文官は芳子星ではなく別の方で、派遣には白楼国との交流制度を利用して、研修という形でお呼びすることになって、……派遣される文官は有能な方で、白楼国の皇帝陛下に可愛がられていて、経験を積ませたいけれど特別扱いをするわけにはいかないのです。……陛下は道教院へ行くついでに、派遣される文官の方のお迎えにも行くことになりました」

莉杏がなんとか言いきれば、暁月はよしと笑った。

最近の莉杏は、『皇帝がなにをしているのか、ある程度は知って理解しておく』という練習をときどきさせてもらえるようになっている。これは皇帝代理も務まる立派な皇后になるための第一歩だ。

「おれは三日間、茘枝城を空ける。いい子にしていろよ」

「はいっ！」

莉杏は、前回の暁月不在のときと同様に、できる限りのことをして待っていようと気合を入れた。

「陛下、今回も留守にすることを内緒にしておくのですか？」

「いや、前回で堯佑の阿呆がやっぱり阿呆だとわかったから、今回はしなくていい」

少し前、まだ堯佑が茘枝城にいたころ、暁月は白楼国の皇帝に呼び出されてしまったことがある。暁月が城を離れれば、堯佑が喜んで城を乗っ取ってしまうため、暁月は皇帝の身代わりを用意し、信頼できる臣下に後を託した。

しかし、なぜか堯佑に『暁月が死んだ』という妙な勘違いをされてしまった。

堯佑は皇后である莉杏を利用して皇帝になろうとしたが、暁月がぎりぎりのところで帰ってきたため、堯佑の計画は失敗に終わったのである。

「白楼国から文官が派遣されたとき、あんたが恥をかかないようにしておくぞ。問題だ。白楼国の文官から、あんたはなんて呼ばれる？」

「ええっと、『赤の皇后陛下』です！」

「正解。多少は勉強しているみたいだねぇ」

どこの国の皇帝も王も、『自分は唯一で最高の存在』であることを主張する。

けれども、ときには異国の皇帝や王と同盟を結ばなければならないので、異国の皇帝や王の存在を完全に無視するわけにもいかない。

皇帝同士なら対等に名前を呼び合えばいいけれど、臣下はそうもいかない。『皇帝陛下』と言っただけでは、自国の皇帝を呼んだのか異国の皇帝を呼んだのか、わからなくなってしまう。

そこで、混乱を防ぐために、同盟国の皇帝を呼ぶときは国名の一文字をとり、白楼国の皇帝なら『白の皇帝陛下』と呼び、黒槐国の皇帝なら『黒の皇帝陛下』と呼ぶ……というような決まりがつくられた。

「赤の皇后陛下って呼ばれたら、あんたはきちんと返事をしろよ」

「はい！」

暁月と一緒に、莉杏もできることをがんばらなくてはいけない。元気のいい返事をして、再び気合を入れた。

莉杏は、暁月がいない三日間、一人で寝ることになった。

夜になるといつもの寝台を広く感じてしまい、なんだか胸がすうすうする。

「陛下、早く帰ってこないかな……」

二日目、莉杏の独り言はそればかりになってしまう。

三日目、寝る前に、まだかなまだかな、と寝台の上でごろごろ転がってしまう。

四日目、ついに暁月が帰ってくる！　と朝からうきうきした。

莉杏は、この待ちきれない気持ちを抑えるために、茘枝の木の世話に向かう。身体を動かすことでごまかすという作戦だ。

「あ……」

茘枝の木がたくさん生えていて、風通りがよくて、静かなところ。

近くを通らないと見えない場所で、昼寝をしている人がいた。

（いつもの『昼寝の人』だわ……！）

声も名前も知らない青年文官は、莉杏にとって既に顔見知りのつもりである。

莉杏は昼寝の人を起こさないように、足音を立てずにそっと離れた。休憩を取るならしっかり取った方がいい、という暁月の教えを、莉杏は守りたかったのだ。

（起きたらまたがんばってくださいね。茘枝城をよろしくお願いします）

いつもなら歌をうたいながら茘枝の実を収穫するけれど、今日はやめておく。代わりに、青年文官がどこの誰なのかを考えてみた。

（年齢はきっと二十代前半で、身長は陛下よりも高め。官服からすると文官なのは間違い

なくて、所属は……礼部かしら？　なんとなく、おもてなしが上手そうな気がするの）

寝顔が穏やかだからといって、性格が穏やかだとは限らないけれど、さて正解はどうだろうか。

（陛下並みに格好よさそうな人だから、恋人がいるかもしれない。恋人は……優しくて可憐な人。亜麻色の柔らかな髪に、瞳は……菫色とか？　恋人の方の芯はきっととても強くて、二人はお互いを支え合うはず）

莉杏の妄想の翼は、止める人がいないので、どんどん羽ばたいていく。

二人はどんな出逢いだろうかと想像していると、廊下を走っていく人が見えた。莉杏は茘枝の実を入れたかごを抱え直したあと、はっとする。

（もしかして、陛下がお帰りになったのかも……!?）

あの官吏は、暁月の出迎えをするために走っていたのではないだろうか。

莉杏は収穫した茘枝の実をいつもの箱に入れ、手を洗って駆け出す。その途中で茘枝の実を一つ落としてしまったのだが、急いでいたので気づかなかった。


莉杏が立ち去ったあと、昼寝をしていた青年文官――……舒海成は眼を覚ました。

「ふぁ……もうちょっと……は駄目か。今日、お客さんがくるんだっけ」

海成は腕を上げて身体を伸ばしてあくびをし、なんとか眼を覚まそうとする。立ち上がろうとして地面に手をつけば、指先になにかが当たった。

「茘枝の実？」

拾い上げると、人間の手で切り取られたものだとわかる。誰かが海成のために置いて行ってくれたのか、落ちていることに気づかないまま自分がここに寝転がったのか、どちらかだろう。

「どうやら俺は庭の主に愛されているみたいだね」

庭のどこかで落としてしまった手紙は無事に戻ってきたし、茘枝の実も頂いてしまった。また得をしたと笑う。

「堯佑皇子が皇帝になったときも、この庭で昼寝ができたらいいんだけれど」

いよいよ危なくなったら、茘枝城をこっそり抜け出して、金はかかるけれどどこかの田舎に滞在し、決着がついたら素知らぬ顔で戻ってこよう。

海成はろくでもない計画を立てながら、官服についた土埃を丁寧に払った。

暁月の顔が視界に入ってきた瞬間、莉杏の頭の中は暁月でいっぱいになる。

はしたないとわかっていても、莉杏の手足は勝手に動き、暁月に飛びついてしまった。

「陛下！　お帰りなさいませ!!」

会いたかったと全身で訴える莉杏を、暁月はしっかり受け止めてくれる。

「ただいま、茘枝の実のつき方はどう？」

陛下だ！　陛下の声だ！　と莉杏は喜びに満ちあふれながら、皇后の仕事の一つである茘枝の木の世話についての報告を始めた。

「北側はまだ熟していないものばかりですが、実は大きいです。南側は残り少なくなってきました」

「そう、ならそのままよろしく」

暁月の手が莉杏の首根っこを掴み、引きはがす。

もっとくっついていたかった莉杏は少しがっかりしたが、そのおかげでようやく再会の興奮が落ち着いてきて、暁月のうしろにいる女性に気づけた。

（お客さまがいる！　いけない！）

嬉しすぎてはしゃいだ姿を見せてしまったあとだが、莉杏は皇后らしくしなければならないと背筋を慌てて伸ばす。

「……陛下、こちらの方は？」

そう言いながら、莉杏は一歩横にずれて女性がよく見える位置に移動した。

（うわぁ！　綺麗な女の人……！）

年齢は、十八歳の暁月よりも少し下ぐらいだろうか。柔らかな亜麻色の髪と、大きな菫色の瞳をもつ、とんでもなく可憐な女性だ。それだけではなく、守りたくなるような儚さと、謎めいた雰囲気もどこかにある。

（あ……、眼が合った……！）

貴き女性の手本としか思えないほど、とても上品に微笑まれた。でも、それだけではない。立ち方も、手の位置も、背筋の伸ばし方も、すべてが完璧で美しく、莉杏にとっての理想の女性よりも素晴らしい。見ているだけで圧倒されてしまう。

（世の中にこんな女性がいるなんて……！　ひえっ、瞬きした！）

この瞬き一つにも、すごい威力がある。小鳥だって見惚れてさえずりを止めてしまうだろう。それぐらい、全部の仕草がとても可愛らしい。

（ええっと、わたくし、どうしたら……！　そう、挨拶をしないと！）

莉杏はなんとかくちを開く。

「こんにちは！」

皇后らしいきちんとした挨拶が、完全にどこかへ行ってしまった。

皇帝に後宮入りのお願いをしようとしたときも、たくさん練習した言葉が上手く出てこなかったことを思い出す。

（後宮入りのお願い……？　あっ、そうだわ！　間違いない！）

これだ！　と莉杏はたった十三年しかない人生経験から確信した。

「陛下、もしかして新しいお妃さまですか⁉　ついに、ようやく⁉」

莉杏の頭の中で、この女性にぴったりの物語があっという間につくられていく。

（皇帝陛下に見初められて愛を育んでいくけれど、嫉妬した他のお妃さまにいじわるされてしまって、でも心の強さがあるから、どんな困難も皇帝陛下と乗り越えるの！）

政治の力関係、反逆の機会を窺う者、愛ゆえに裏切ってしまった者……主人公は運命という波に翻弄されながらも、必死に立ち向かう——……。

「違う。これは白楼国の文官。しばらくおれの仕事を手伝うんだよ」

しかし、暁月は莉杏の妄想をすぐに投げ捨てた。

『後宮物語の主人公』と『白楼国の文官』の違いはあまりにも大きくて、莉杏は眼を円くする。

（この方が、白楼国から派遣された文官……⁉　うそ、信じられない……！）

莉杏は驚きながら、まずは自己紹介をした。

「女性の文官！　まあ、そうでしたのね。初めまして、わたくしは莉杏と申します。陛下の皇后です。よろしくお願いしますね！」

女性の文官は、赤奏国にもいる。莉杏は全員と顔を合わせているが、どの女性文官も男性用の官服を着ていて、とても凛々しく、喋り方も男らしい。

莉杏は、女性文官とはそういうものだと勝手に定義していたので、白楼国の女性文官がもつ柔らかくて優しい雰囲気に、どきどきしてしまった。

「初めまして、白楼国から参りました文官の皓茉莉花と申します。これからよろしくお願いいたします」

まさに名は体を表すという可愛い名前だ。それに、声も喋り方も愛らしい。茉莉花が歌えば、きっと小鳥も自分の声を恥じらい、さえずるのをやめてしまうだろう。

「遠いところからわざわざきてくれたこと、嬉しく思います。もし困ったことがあれば、わたくしにも相談してくださいね」

莉杏はそう言って、笑顔を向ける。

茉莉花が慣れない異国の地で働くのなら、細やかな助けがいるはずだ。それは皇后の仕事のはず、と考えていれば、暁月の手が莉杏を追い払うような仕草を見せた。

「勉強の時間だろ」

そうだったと莉杏は慌てる。茉莉花ともっと話をしたいけれど、あとにしなければならない。ではまた、と言えば、茉莉花は優しく微笑んでくれた。

「わたくしね、茉莉花にぴったりの物語を思いついたんです！」

今夜の寝る前の話題は、白楼国からきてくれた女性文官の茉莉花についてだ。

莉杏は茉莉花のことが気になり、勉強が終わったあと、その姿を遠くから見ていた。

茉莉花はとても穏やかな人で、色々な人に丁寧な挨拶をして、これからの方針を相談したり、予定を立てたりしていた。

（あんなに可憐でも、頼りになる人だなんて。今までに見たことのない方だわ……！）

見た目と中身の差があまりにも大きくて、莉杏の好奇心が刺激されてしまう。

「茉莉花は、とある没落した名家の子孫で、本当なら妃として後宮入りする予定だったのに、女官として後宮入りをするしかなかったのです」

「出自は平民だろ。白楼国では失敗前提の仕事を押しつけられていたぞ」

自分の妄想を興奮しながら話す莉杏に、暁月の言葉は届かない。

「後宮入りしてからの茉莉花は、可憐な姿だけでなく、とても心優しいから、みんなの人気者になってしまうんです！」

「あれはしたたかな女だ。周囲の反感を買わないように、目立ちすぎるのを上手く避けている。優しそうに見えるのも、目立ちすぎないための調節のうちだろうよ」

見事に騙されているな、と暁月が鼻で笑った。

「ついに茉莉花は皇帝陛下に見初められるのです。遠くから茉莉花を見ていた皇帝陛下は、皆の前で茉莉花の名を呼び、気さくに話しかけるのです！」

「おい、おれの話を聞けよ。……ったく、皆の前で女官の名前を呼ぶなんて、その女官へのとんでもない嫌がらせにならないか？　珀陽なら、気に入らない女官を潰すためにやるだろうけれどな」

　珀陽に対して悪感情しか抱いていない暁月は、珀陽の話題にだけ積極的に食いついた。

「茉莉花は皇帝陛下の寵愛を受けながらも、実は官吏になりたいという夢をもっていたのです。それで……」

「話が急に変わりすぎだろ」

　あんたに小説を書く才能はない、と暁月は冷たく言い放つ。

「茉莉花は皇帝陛下に才能を認められ、科挙試験を受けることになりました」

「あんたさぁ、科挙試験を舐めすぎ」

　暁月の乳兄弟の沙泉永は、小さいころから死ぬほど努力しても科挙試験に合格できなかった。科挙試験とは、天才の中の天才でなければ、受けることもできない。

「才能があった茉莉花は、科挙試験に合格して文官になるのです！」

「あっそ。最後、無理やりすぎるよねぇ……。最初の女官設定は必要だったわけ？」

「わたくし、後宮設定をどうしても入れたかったのです」

　子どもの想像力と強引さはすごい、と暁月はため息をついた。

　莉杏は、暁月の反応の悪さに首をかしげる。

「わたくしのつくった設定は、平凡でつまらないものでしたか？　陛下はどんな物語がお好きですか？」

斜め上の方向に走り出した莉杏に、暁月はそうじゃないと呆れる。

「おれはあの女にそこまでの興味はないよ。……皓茉莉花はねぇ、官吏が足りなくなっているこの茘枝城をきちんと回してくれたらそれでいい。小さいころから勉強ばっかりで、あっさり科挙試験に合格できた、ただのむかつく女だろうよ」

つまらない人生を送っていそう、と暁月は茉莉花の印象を語った。

「あんたの方が愉快な人生なんじゃない？　十三歳の誕生日に皇后になったんだからさ」

興味のない茉莉花の話ばかりなので、暁月は話題を変えてみる。

とはいっても、莉杏の話はいつも興味のないものばかりなので、結局はつまらない話につきあわなくてはならないのだ。

「でもわたくし、茉莉花と違って皇后になっただけです」

「じゃあこれからの想像でもしてみろよ。あの女よりも愉快な人生になるようなさ」

「これから？　……ええっと、堯佑皇子殿下との戦いに……」

「『堯佑元皇子』。言い直してくれる？」

「はいっ！　堯佑元皇子との戦いに勝って……」

暁月の異母兄である堯佑は、暁月と戦うことを選んだ。その時点で暁月は、堯佑を正式に『反逆者』であると認定した。

堯佑は一応『皇子』ではあるけれど、敬意を払う必要はなくなり、『元』をつけて『殿下』をつけないという呼び方をするようになったのだ。

（いけない、いけない。皇后であるわたくしが呼び方を間違えるなんて……！）

他にも、離反した人たちを以前の役職で呼んではいけないとか、色々変わった。布弦祥将軍も、布元将軍と呼ぶことになったのだ。

「国が落ち着いたら、後宮が賑やかになって……」

「数年で落ち着くといいねぇ」

戦えば国に大きな傷が残る。数年で治ってくれたら奇跡だ。

「そのころにはわたくしも大きくなっていて」

「うんうん」

「陛下の寵愛を頂いて……っ、きゃ〜！」

頬を真っ赤にして足をばたつかせる莉杏に、暁月は呆れた視線を向けた。

「あんたの頭の中、そればっかりじゃない？」

莉杏は、皇后の仕事へ真面目に取り組んでいる。その努力はすべて『暁月への愛のため』だ。愛の力が重くてすごい、と暁月はいっそ感心してしまった。

翌日、莉杏はいつも通り茘枝の木の世話をしに行く。

実が熟していたら採ってかごの中に入れ、落ちて潰れてしまった実は枯れ葉置き場にもっていった。

「よく実っているわ。食べるものがない人へ届きますように」

収穫した茘枝の実は、道教院に寄与されている。そうしておけば、道教院の道士が飢えている人に配ってくれるのだ。

たったこれだけのことで救われる人なんていない、と暁月は言っていた。それでもやることが大事だとも言っていた。

（わたくしは、陛下のお手伝いを少しでもしたい）

今の莉杏には、民を救うための提案なんてできない。でも、救おうという努力をすることならできる。意味がないとわかっていることでも、毎日誠実にすべきだ。

「これでよし、と」

足場を確認して慎重にはしごを降り、少し重たくなってきたかごをもち直す。

一度茘枝の実を置きに行こうと決めたとき、うしろから呼ばれた。

「赤の皇后陛下！」

慣れない呼び名だが、呼ばれたときに返事をする練習を頭の中でしておいた莉杏は、なんとか振り返る。すると、茉莉花が早足で近づいてきた。

「ごきげんよう、茉莉花」

莉杏が挨拶をすれば、茉莉花も笑顔で挨拶をしてくれる。茉莉花が笑顔になるだけで、周りに花が咲いたように見えてしまった。

(今日の茉莉花もすごく可愛くて綺麗……！)

莉杏がうっとりしている間に、茉莉花が傍まできて、顔をそっとよせてくる。

「歩揺に髪が絡まっています。こちらへどうぞ」

莉杏は、茉莉花の身体に隠されたまま、茘枝の木の陰に向かう。誰にも見られないところで茉莉花の指がさっと髪を直してくれて、さらに櫛で髪をとかしてくれて、手鏡も渡してくれた。

「どうぞ。ご確認ください」

茉莉花の手際があまりにもいいため、気がついたらすべてが終わっていた。莉杏は慌てて茉莉花に礼を言う。

「ありがとう、助かりました」

「お役に立ててよかったです」

にこりと微笑んだ茉莉花は、それではと頭を下げて戻っていく。

（……っ、すごい！　とても優しい人！）

暁月は茉莉花に厳しいことを言っていたけれど、やはり茉莉花はいい人だ。

なにからなにまでまさに後宮物語の主人公だと感激していると、男の人の声が響いた。

「茉莉花さん！」

莉杏は小さく「あっ」と声を上げてしまう。

茉莉花に駆けよってきたのは、勝手に顔見知りになっている『昼寝の人』だ。

莉杏が驚いている間に、二人はなにかの相談を始めた。

茉莉花は青年文官と向き合った瞬間、『優しくて可憐な美少女』の顔が消え去り、代わりに『有能な文官』という厳しい表情が表れる。

「工部の組織表をつくっていたら、『病気の療養』や『田舎の家族が病気だから様子を見てくる』と言っていなくなっていた者も多くいました。彼らをどういう扱いにしますか？」

組織表を二種類つくっておきますか？」

「組織表は一枚だけつくります。今いない官吏は今後もいないものとして扱いましょう」

「……けっこう、厳しいことを言いますね」

「組織表に不確定要素を入れておくと、あとで確認すべきことが増えてしまいます。今の状況では、皆の負担になるだけです」

「わかりました。それと、工部からの要望があって……」

茉莉花は、昼寝の人から指示を求められると、すぐに迷わず答える。

茉莉花は最後に「なにかあったらまた報告を」と頼んでいた。昼寝の人は茉莉花に対して、頭を下げてから走って行く。

(今の見た!? 茉莉花は優しいだけの方ではないわ！ かっ……こいい〜〜!! 陛下みたい！)

茉莉花は、どう見ても莉杏より少し年上という年齢なのに、相談されることに慣れていて、命令することにも慣れている。

赤奏国で働く女性官吏たちとはまた違う、別の格好よさがあった。

「どきどきする……！」

頬が熱い。茉莉花の新しい顔が、莉杏にとってあまりにも魅力的すぎるのだ。

「きっと茉莉花にはまだなにかあるはず……！」

物語の主人公のように、大きな秘密が隠されているかもしれない。いや、そうであってほしい。

「実は白楼国の皇女さまだとか、偉大なる巫女姫だとか！」

今日の勉強が終わったら、また茉莉花をこっそり遠くから眺めてみよう。

莉杏は、わくわくしながら作業に戻ったのだが、はっとする。

「陛下もわたくしと同じように、茉莉花のことが気になっているのではないかしら⁉」

茉莉花は宰相補佐になった。宰相補佐なら、暁月と接することも多いはずだ。

暁月が茉莉花の格好よさと優しさに気づいてしまったら、恋をするかもしれない。

（陛下が茉莉花に恋⁉　異国の皇帝陛下に見初められるなんて、それは絶対に感動する恋物語になるわ！　生まれた国の違いで一度は別れを決意する場面は、切なさで涙がこぼれてしまうの……！）

悲劇的な物語を妄想してうっとりしていた莉杏は、そうではないと慌てて首を振る。

「それは素敵だけれど、駄目よ。だって、わたくしの陛下が……！」

茉莉花が恋の好敵手になったら、自分は勝てるのだろうか、と不安になるべきところだった。

赤奏国を救うために白楼国からやってきた茉莉花は、宰相補佐となり、少ない官吏でも赤奏国の政ができるように奮闘している。

指示を与える姿は凛々しい。しかし、莉杏と話すときの表情はとても優しい。

その二つの表情の違いに、莉杏は心惹かれてしまった。

　自分がそうなら暁月も、そして他の人も同じように感じているかもしれないと、皇帝の私室の見回りにきた武官の碧玲に尋ねてみる。

「碧玲は茉莉花のことをどう思いますか？」

　碧玲はほんの少し考えたあと、ああ、と声を上げた。

「白楼国から派遣された文官の晧茉莉花殿のことですか？　私は武官なので、彼女の仕事を近くで見る機会がなく、話だけを伺っている状態です。ですので、今のところは……女性文官にしては珍しい雰囲気をもっている人だな、と」

　碧玲は「もっとこう……」と莉杏と同じような『女性文官らしさ』をくちにする。

　──男性用の官服を着ていて、口調も素っ気なくて、きびきびと動く。

　しかし、茉莉花はその真逆のところにいるのだ。

「文官だと言われたら驚きますが、女官だと言われたら疑わずに信じてしまいそうです」

　碧玲の言葉に、莉杏はその通りだと納得した。

　茉莉花の物語に後宮設定をどうしても入れたくて、『女官をしていた』という部分を勝手につくったのだが、どうやら碧玲と似たような印象を茉莉花に抱いていたらしい。

「女官……、だとすると、ますます危ないかもしれません」

「なにかあったのですか!?」

　真面目すぎる碧玲は、莉杏の言葉をそのまま受け取ってしまう。

『赤奏国に残った官吏が頼りないので白楼国から文官や軍を借りる』ということについては、碧玲は自分たちだけでなんとかしたかったという気持ちはあるけれど、しかたないことだと受け入れた。しかし、赤奏国と白楼国は常に仲がよかったわけではないので、茉莉花のことを完全に信用するつもりはなかったのだ。

「妃ではなく女官だったら、健気という要素が加わってしまいます！」

まさか諜報活動をしているのでは、と碧玲は拳をぎゅっと握って身構えたのだが、莉杏はよくわからないことを言い出した。

「……健気、ですか？」

「はい！　陛下、茉莉花のことを好きになってしまうのではないかしら……！」

莉杏は、今抱えている心配ごとを碧玲に打ち明ける。碧玲から、茉莉花と暁月がどう見えているのかを教えてほしかったのだ。

（相手が気になってしまうのは、恋の始まりのお決まりの展開だもの）

優しい茉莉花と格好いい茉莉花のどちらかに、または両方に、暁月がどきりとしたら、今は興味がなくても、未来はどうなるかわからない。

「……はぁ、どうでしょうか。陛下にも好みがありますから」

碧玲は、その心配は必要ないと苦笑した。

碧玲としては、男は茉莉花のような女性を苦手にしているだろうと思っている。『男性よりも有能そうな女性』はどれだけ美人であったとしても、距離を置かれるものなのだ。

「でも、茉莉花が陛下のことを好きになる可能性もありますよね!?」

莉杏はもう一つの可能性をくちにする。すると、碧玲の表情が一気に変わった。

「お待ちください！　宰相補佐殿にも好みがありますから！」

碧玲は、その可能性はいくらなんでも茉莉花が気の毒すぎると必死に否定した。


「皇后陛下、わたしでよければ寝室の準備のお手伝いをさせてください」

「算術のお勉強ですか？　わたしにわかる範囲でしたら、お教えできそうです」

「そでの刺繡にほつれが……座ってください。すぐに直します」

茉莉花は、気配りが驚くほど上手く、そしてなんでもできる女性だった。

莉杏が困っていると、小鳥も裸足で逃げ出すような可憐な姿で必ず優しく声をかけてくれるのに、動き出せば瞬きしている間に作業を完了させ、再びふわりと微笑んでさっと立ち去ってしまう。

暁月にすごいと言ったら、「なんかそういう神怪がいなかったか？」と言われたので「女神さまなのかもしれません」と本気で納得してしまった。けれども、なぜか言い出した側の暁月が嫌な顔をした。

「茉莉花は完璧すぎです……!!」

こんなに完璧な女性が存在してもいいのだろうか。やはり女神なのだろうか。

莉杏は、どんどん茉莉花を好きになる一方で、恋の好敵手になったらどうしようと、うんうん悩んでしまう。思わずため息をつくと、荒っぽい足音が近づいてきた。

「皇后陛下、大変です！」

碧玲が珍しく乱暴に扉を開け、飛びこんでくる。

なにかあったのかと莉杏が慌てて立ち上がれば、碧玲はなにかを言おうとして、くちを閉じたり開けたりしながら、手を大きく動かした。

「あの、皇后陛下が宰相補佐殿のことを気になさっていたので、私もそれとなく情報を集めてみたのですが、そうしたら……」

まさか、そんな、と碧玲は呟く。

襲撃とか毒殺とか、物騒な事件が発生したわけではないとわかり、莉杏はひとまずほっとした。

「茉莉花がどうかしたのですか？」

「宰相補佐殿の年齢が、見た目とまったく一致しなくて……!!」

茉莉花は、十三歳の莉杏よりも年上で、十八歳の暁月よりも年下に見える。

莉杏は、ちょうど真ん中の十六歳ぐらいかな？　と思っていたのが、十六歳だと官吏になったばかりになってしまう。それはいくらなんでもありえない。

(元々見た目が幼い方なのかも。きっと陛下と同じぐらいの年齢よね)

茉莉花の落ち着いた雰囲気と宰相補佐を立派に務められる能力から考えると、もう少し上でもいいのかもしれない。

「あっ、もしかして、碧玲よりも年上なのですか？　それでびっくりしたのですか？」

それはたしかに驚くと莉杏が笑えば、十九歳の碧玲は首を勢いよく横に振った。

「違うんです！　そんな年齢ではなくて……！」

碧玲は、信じられないと呟き、手を震わせる。

「宰相補佐殿は、なんと、三十歳を超えているんです……!!」

二十歳を超えている、という言葉を待っていた莉杏は、聞き間違えてしまったのかなと首をかしげた。それからゆっくりと碧玲の言葉を頭の中で復唱する。

(なんと、三十歳を超えている……、んん？　あれ？)

もう一度、と碧玲の言葉を頭の中で繰り返し……ぴたりと動きを止めた。

「え……？　さんじゅっさい……？」

碧玲は、茉莉花が三十歳を超えていると言った。間違いなくそう言った。

（三十歳って、あの三十歳⁉　三十って、三十よね⁉）

莉杏は、数の定義を必死に考えてしまう。

碧玲と莉杏は、二人で仲よく「三十歳⁉」「三十歳！」と確認し合った。

「茉莉花は、ものすごく若く見える方なのですね！」

「仙人なのでは、道術を極めた道士なのでは、と噂になっています！」

驚きましたと胸を押さえる碧玲に、莉杏はうんうんと力強く同意する。

莉杏もとてもびっくりしてしまった。茉莉花のことを可憐な若き文官だと思っていたのだが、可憐で経験豊富な文官だと訂正しなければならない。

「皇后陛下。三十年以上の人生経験をもつ恋の達人に、十三歳の皇后陛下は敵いません。張り合うだけ無駄です」

「うっ……！」

経験の差を埋めたいのであれば、才能と多くの努力が必要だ。莉杏はどちらもまだ充分ではない。

「ですから、前向きに、これは好機だと捉えましょう」

「好機？」

「皇后陛下は皇帝陛下のために、いつまでも若々しくいるべきです。勝てる勝てないの話にするのではなく、宰相補佐殿をお手本にして、その若さの秘訣を探るのです！」

恋に悩む莉杏を見た碧玲は、なんとかして莉杏を元気づけたいと考えていた。

莉杏は碧玲の励ましと応援をしっかり受け止め、落ちこむよりも良縁に恵まれたことに感謝すべきだという気持ちになる。

「わかりました！　わたくし、茉莉花をお手本にします！」

内乱が終結したら、茉莉花は白楼国に帰ってしまう。その前に、茉莉花に弟子入りして若さの秘訣を手にしなければならない。

「陛下、陛下！　わたくし、茉莉花をお手本にします！」

「やめろ」

その晩、莉杏は遅くに帰ってきた暁月へ興奮しながら決意表明をした。

けれども、暁月は理由も聞かずに反対する。

「どうしてですか⁉」

「あいつは上司の女官吏をいじめていた女だぞ」

「陛下ったら、そんなひどすぎる嘘をついて！」

莉杏は頰を膨らませるが、暁月は本当だってとにやにや笑った。

「茉莉花は三十歳を超えているのに、とても若々しく見えます。わたくしもずっと若々しくいられるように、茉莉花からその技術を学びます！」

「あんたはもうちょっと大人になって落ち着きを身につけた方がいいって。……ん？　あ？　……って、はぁ!?　あの女、三十歳を超えている!?」

暁月は書類から顔を上げ、ようやく莉杏を見る。聞き間違えたのかと思ったが、莉杏が「三十歳を超えています」ともう一度言った。

「いやいや、いくらなんでもありえなくないか!?」

暁月にとっての茉莉花は、官吏二年目か三年目……つまり十七歳か十八歳、かなりの童顔ならもう少し上でも納得できるという人間だ。

二十歳を超えているのはともかく、三十歳を超えているというのは明らかな誤りである。

「茉莉花は仙人か道士かもしれない、という噂があると碧玲が言っていました」

「……碧玲が？　じゃあ、あんたがからかわれたっていう可能性はないか」

おれより年下に見えるのに、と暁月の頭が痛み出す。

「あいつの経歴を考えると、たしかに三十歳をすぎている方が自然なのか？」

暁月は、三十歳を超えているという前提で改めて茉莉花を見てみた。すると、まずその言動や装いに違和感を覚えてしまう。

「あいつさぁ、若づくりしすぎじゃないか？」

しかし莉杏は、暁月ではなく茉莉花の味方をした。

「若づくりはいいことです。お祖母さまが、若い装いでいると気持ちも若くなってとても元気になるから、妃になったら多少無理してでも若々しい装いをし続けなさいとおっしゃっていました！」

とんでもなく渋い教えを十三歳の莉杏が言うので、暁月の頭がさらに痛んだ。

「それ、いい教えだけれどさぁ、あんたがそれを実行するのは二十年後でいいから」

暁月は、さっさと寝るよと言って、寝室に続く扉に手をかけた。

白楼国からきた女性文官は、見た目は十代でも中身は三十歳を超えている。

そんな噂が嵐のように駆け巡ったあと、莉杏は茉莉花に「わたくしも茉莉花を見習って、今からしわ予防に力を入れておきます」と言ったのだが、翌日になって本人に否定された。

「実は……三十歳をすぎているという話は嘘なんです」

「嘘!?」

なぜそんな嘘が広まったのかと莉杏は驚いたあと、まさかと顔色を変えた。

「いじめられているのですか!?」

異国からきた文官というだけで気に入らない人もいるのかもしれない。

ならば皇后の自分が、いじめている人としっかり話し、してはいけないことだとわかってもらおう。

莉杏が任せてくださいと力強く言えば、茉莉花は困ったように笑った。

「あ、いえ、そういうわけでもないんです。……これは親切なんです」

茉莉花からよくわからないことを言われ、莉杏は瞬きを繰り返す。

「わたしは宰相補佐として若すぎるので、命令に従わない人も出てくるかもしれない、と心配した方がわざと嘘を広めたそうで……。折角ですから、否定せず、三十歳をすぎている設定のままにしておきます」

まさかの真相に、莉杏は眼を円くした。

（わたくし、三十歳すぎという話を疑うこともしなかったわ。きっとみんなもそう）

ここは茉莉花の生まれた国ではないのに、茉莉花は自分の国のように細かいところまで把握し、政を少しずつ動かそうとしている。

そのことを皆もわかっているから、三十歳すぎという嘘を信じてしまったのだ。

「茉莉花の本当の年齢は、三十歳すぎではなかったのですね」

「はい。見た目通りですよ。わたしと初めて会ったとき、何歳だと思いましたか？」

ふわりと微笑まれ、莉杏はどきどきする。今の微笑みだけで、どんな男性も木から落とせてしまうだろう。

「ええっと……」

莉杏は「十六歳ぐらい」と言おうとしてくちを開くが、そこで動きを止める。

女性の年齢を当てるときは、見た目よりも少し減らして答えると喜ばれるのだと、祖母から聞かされていた。しかし、茉莉花はとても優秀な官吏だ。見た目よりも足した年齢だと思われる方が嬉しいのではないだろうか。

(ええっと、つまり、その間をとると……?)

女性としては実年齢よりも減らして、官吏としては実年齢よりも足す。

莉杏は、茉莉花の実年齢をきちんと当てるべきだ。

「わたくし、しっかり考えたいです！　少しだけ待ってもらえませんか？」

異国から招いた大事な客人に失礼があってはいけないので、茉莉花をじっくり観察して、それから答えを出したい。

そんな莉杏の意気ごみを、茉莉花は優しく微笑んで受け入れてくれた。

「わかりました。では、宿題にします。問題です。わたしの本当の年齢はいくつでしょうか。答えがわかったら教えてくださいね」

「はいっ！」

莉杏は元気よく返事をする。まずは茉莉花についての情報を集めてみよう。

白楼国にいるときの茉莉花と接したことがある者は、とても少ない。

莉杏は、暁月が白楼国に呼ばれたとき、護衛として同行していた武官の翠進勇から話を聞いてみることにした。

運よく、皇帝の私室の見回りに進勇がきてくれたので、早速尋ねてみる。

「白楼国にいたときの宰相補佐殿についてですか？　白楼国では礼部に所属していたようです。陛下の世話役をしてくださった際には、宰相補佐殿に大変なご迷惑をおかけして……」

進勇は、色々なことがありました……と、どこか遠くを見る。

暁月の白楼国行きのとき、莉杏たちは暁月の不在を堯佑に隠そうとしてあれこれと苦労したのだが、進勇たちも白楼国で別の苦労をしたようだ。

「もしかして茉莉花は、白楼国で陛下のお世話をしてくださったことをきっかけにして、この国へ派遣されることになったのでしょうか？」

「そうかもしれませんね。あのときの陛下と宰相補佐殿は、今後についての話し合いをしていなかったので、派遣はあとから決まった話だと思います」

世話役をしている礼部の茉莉花も素敵だったんだろうな、と莉杏は想像力を働かせた。

「世話役というのは、やはり偉い人に任される仕事なのでしょうか」

進勇は、莉杏の質問に答えるため、これまでの仕事を振り返ってみる。

「客人に失礼があってはいけないので、ある程度の経験は求められると思います。あとは適性ですね。人間関係と同じで、居心地よく過ごしてもらうための気配りというものは、努力である程度まではできるようになりますが、得意としている人は最初からできます」

たしかに、茉莉花はおもてなしが得意そうだ。異国にきて気遣われる側であるはずの茉莉花は、いつの間にか莉杏を気遣う側になっているぐらいである。

「茉莉花は、白楼国でも責任ある立場だったのですね」

『白楼国の偉い人』『ある程度の経験を求められる』というところから、莉杏は茉莉花の年齢は見た目よりかなり上だと確信する。

しかし、進勇は莉杏の確信を否定した。

「宰相補佐殿は、世話役の補佐でした。世話役の責任者はまた別の若い女性文官です」

――茉莉花には上司がいる。その上司も若い。

これはかなり重要な情報だと、莉杏は身を乗り出す。

「責任者の女性文官の方は、進勇からどのぐらいの年齢に見えましたか？」

「二十代半ばでしょうか。でも女性の年齢はわかりにくいので……」

進勇も茉莉花の年齢の話を聞いていたらしい。ほら、となにかを言いかけたあと、慌てて咳払いをしてごまかした。

（……茉莉花が三十歳を超えていない話は、内緒にしておかないと！）

莉杏は余計なことを言い出さないように、進勇に礼を言って話を終わらせる。見回りを終えた進勇を見送ったあと、次の手がかりを探し始めた。

（茉莉花は白楼国の文官だから、そもそも手がかりが少ないのよね）

なにかないかな、と今までに見聞きした茉莉花に関する話を思い出していく。

最初に茉莉花の名前が出てきたのは、どこだっただろうか。

（茉莉花と初めて顔を合わせたときに、茉莉花が自己紹介をしてくれて……）

そのときとても驚いたのだ。茉莉花が後宮入りする妃ではなくて文官だったから……。

「白楼国から派遣される文官！」

暁月と登朗が、茉莉花がくる前にその話をしていた。

「わたくし、白楼国からくる文官の方を、男の人だと思いこんでいたわ」

そうだった、と最初の記憶を引きずり出していく。

「陛下とお祖父さまは、他にも色々言っていたはず」

莉杏は、暁月から「おれはなんて言っていた？」と尋ねられたあと、聞いたことを自分なりにまとめたはずだ。

「ええっと、たしか、派遣には白楼国との交流制度を利用して、研修という形で呼ぶ。派遣される文官は有能な方で、白楼国の皇帝陛下に可愛がられていて、でもまだ特別扱いをするわけにはいかない……」

覚えていることをくちにしていくと、重要な情報がたくさん詰まっていた。

莉杏は一人で茘枝城の書庫に入る。

少し前までは管理人がいて、「どのような書物をお探しですか？」と訊いてくれていたのだけれど、その人は茘枝城を出て行ってしまった。

「いつか帰ってきてくれますように」

掃除も整理もされなくなった書庫は、日に日に散らかっていく。

莉杏は片付けをしたいけれど、勉強に使っている書物の場所しか知らないので、正しい分類ができないのだ。

今もまた、求める資料の場所がわからないので、自分なりに推測して手を伸ばすしかない。

「お手伝いしましょうか？」

突然、影が落ちてきた。あれ？　と思っているうちに大きな手が書物を手に取り、莉杏の眼の前に下ろしてくれる。

「ありがとう。助かりました」

莉杏は、礼を言いながら書物を受け取り、渡してくれた人に向き合った。

（あっ！　この人！　昼寝の人……！）

うっかり叫びそうになったが、なんとか堪える。

莉杏のために書物を取ってくれたのは、北側の茘枝の木の下でよく昼寝をしている青年文官——……舒海成だ。

莉杏にとって、名前は知らないけれど、顔は知っている人だ。しかし、それを明らかにすると、昼寝をしていたところを見たということが海成に伝わってしまう。そうなれば、海成は莉杏に謝らなければならなくなる。莉杏は、海成に謝ってほしいわけではないのだ。

「他にお探しのものはありますか？」

代わりに取りますよ、と海成が微笑んだので、莉杏は頼みますと微笑み返す。

「赤奏国の文官の制度について書かれたものが読みたくて……」

「それなら……吏部の制度はこの書簡に、礼部の制度はあの巻物に……全部だとけっこうな量になるのですが、お部屋まで運びましょうか？」

「ここの卓を使うので大丈夫です」

海成は、莉杏が求めているものの場所を完璧に把握していた。管理人でもないのにここまで詳しいのは、とても優秀な文官だからだ。間違いない。

「でしたら、お探しのものはあの卓に置きますね。読み終わったら、そのままにしておいてください。あとでまたきたときに片付けておきます」

「いえ、自分で戻します」

「高いところは危ないですから。お任せください」

海成はとても有能で、そしてとても優しい人でもあった。

莉杏は嬉しくなって、にこにこしてしまう。

「念のために州牧と地方官の制度の巻物も置いておきますね」

「お願いします。ありがとう」

「お役に立てて光栄です。それでは失礼します」

海成は丁寧に頭を下げたあと、巻物を手に取ってから書庫を出て行く。

莉杏は感激しながらそのうしろ姿を見送り……しまったと顔色を変えた。

「お名前、訊くのを忘れてしまったわ……！」

ようやく本当の顔見知りになれたのに、最後の最後でうっかりしてしまった。

「昼寝の人、お仕事がたくさんあって、疲れているのね。ここにある書物や巻物の配置をあれだけしっかり覚えている方だもの。任されている仕事の量も、その責任も重たいわ」

出世している若手の文官として有名な人だろう。暁月に名前を訊いたら、あいつのことかとすぐに教えてもらえるはずだ。

「まずはこの資料で『交流制度』について調べてみましょう」

最初に手をつけたのは、外交と儀式を担当する礼部の制度だ。

既に使われなくなっている制度や、新しくつくられた制度がたくさんあって、莉杏は読み進めるたびに驚いてしまう。

「官吏って、本当に大変なのね。わたくし、科挙試験のことを軽く考えすぎていたわ」

暁月が言っていた通りだ。反省しなければならない。

「なにからなにまで決まりごとがあって、どうしてそんな決まりができたのかという歴史を学ばなければならなくて、決まりを守ることで得るものも知っておかなければならなくて……」

皇后の莉杏は、官吏と同じことをする必要はない。けれども、官吏たちがなにをしているのかを把握しておかなければならないし、どれだけ大変なことなのかも理解しておかなければならない。

（大変な仕事だとわかっていないと、ありがとうの気持ちをうっかり忘れてしまう）

勉強はとても大切だ。自分で制度を調べる機会があって本当によかった。

「ええっと、礼部の制度はこれでおしまいみたい。異国との交流制度だから、礼部のお話だと思ったけれど、違うのかもしれないわ。考えてみれば、他の国でお仕事をしたら、国の秘密に触れることもあるでしょうし、あまりよくない制度よね」

　次は吏部の制度を、と新しい書簡に手を出す。

　しかし、吏部の制度にも『異国との交流』は出てこない。兵部（へいぶ）にも、工部（こうぶ）にも、刑部（けいぶ）にもだ。

「交流制度は、通称（つうしょう）なのかもしれないわ。正式名称（めいしょう）は他にあるのかも」

　ここにある資料を一通り読んだら、また礼部の制度を最初から読み直してみようと決め、地方で働く官吏の制度について書かれた巻物を広げた。

　州牧に関する制度、州牧補佐に関する制度、それからその下で働く胥吏（しょり）の制度を順番に見ていくと、ようやく『交流制度』という文字が出てきた。

「地方官交流制度？」

　地方官とは、州の政を行う州庁舎に配属された官吏のことである。その地方官が他の国の州に行ってよいところを学ぶ、という小さな制度があるようだ。

　これは研修という扱いで、給金に手当はつかず、あとでどのような研修を受けたのかを報告書にして提出しなければならないらしい。

「きっと、若い人に経験を積ませるための制度なのね。教えられることが目的みたい。地方で受ける研修だから、国の大事な話に触れることもないでしょうし」

　若い官吏にぴったりの制度だけれど、『地方官』の制度なので、暁月の世話役をしていた礼部の茉莉花には使えない制度だろう。

「あっ、この制度を使うために地方へ異動になった……とか？」

莉杏は外を見る。今は夏だ。暁月が白楼国に呼び出されたのは初夏だった。

「でも、そのころには、異動の時期が終わってしまっているわ」

科挙試験や武科挙試験に合格した官吏が入ってくるのと同時に、人事異動がある。新人文官は研修を終えたあと、研修中の成績を参考にして六部や地方に配属されるのだ。

地方官交流制度を使ったのなら、茉莉花は異動の時期でもないのに、わざわざ礼部から地方へ異動させられたことになる。

「すごく特別扱いだけれど、いいのかしら。でも『特別扱いをするわけにはいかない』のよね？　だったら礼部から直接異国へ出向できる制度を新しくつくるわけにもいかないし……」

莉杏が知らないだけで、白楼国には赤奏国にない別の制度が存在している可能性もある。しかし、異国との交流制度は勝手につくれるものではないはずだ。

「特別扱いせず、交流制度を使って他の国へ研修を受けにいく方法……」

きっと莉杏と同じように、白楼国の偉い人もどうしたらいいのかを悩んだだろう。

「もしわたくしが白楼国の偉い人だったら……」

若くて才能ある茉莉花に経験を積ませたい。そんなときに、赤奏国から優秀な官吏を貸してほしいと頼まれた。ちょうどいいから茉莉花に行ってもらおう。

「ここまでは大丈夫」

うんうん、と莉杏は頷く。

「進勇によると、派遣される文官は、陛下の白楼国滞在中に決まっていなかった。茉莉花は、地方赴任が決定した新人官吏たちと一緒に首都を出発したのかもしれないわ」

そして、研修を受けるという建前を使い、どの新人官吏よりも遠い地へ向かった。

「特別扱いをごまかすために、新人官吏の配属で慌ただしいときを狙ったとか？　でもそれはごまかしているだけで、どう見ても特別扱いよね。……茉莉花ではなくて、新人官吏の人が茘枝城に派遣されるのであれば、特別扱いにはならないでしょうけれど」

ため息をついて呟いたあと、莉杏は茉莉花の姿を思い浮かべる。

「まさか、よね？」

茉莉花が官吏になったばかりなら、地方官交流制度を使い、研修という形でここにくることが、とても自然な流れになる。

「いえ、そんな、でも茉莉花が新人官吏ではないのなら、『特別扱いをしない』がどうしてもひっかかってしまう……」

茉莉花が新人官吏だったら、あれだけ優秀なのに世話役の補佐だったことも、異動の時期ではないのに地方官になって『地方官交流制度』を利用したことも、特別扱いができないことも、『新人だから』で説明できる。

「でも、でも、えぇぇ⁉」

叫んだあと、莉杏は慌てて両手でくちを押さえた。ここは書庫だ。騒いではいけない。

(流れは納得できても、茉莉花が新人官吏というところに納得できていないわ！　だって茉莉花は優秀すぎるもの！)

有能すぎる昼寝の人に指示を出せる人だ。実は三十歳をすぎていると言われる方が納得できてしまう。

書庫を出た莉杏は、自分で出した答えを疑いながら、茉莉花のところへ向かった。

「茉莉花は、文官になったばかりなのですか⁉」

どきどきしながら答えを言い、茉莉花の反応を待つと、茉莉花はとても可憐に笑いながらとんでもない返事をした。

「うふふ、そうです」

信じられない、と莉杏は大きな瞳(ひとみ)をさらに大きくする。

「ということは、本当に十六歳……⁉」

「はい」

三十歳を超えていると教えられたとき以上の衝撃(しょうげき)が莉杏を襲(おそ)う。

考えて出した答えなのに、それでもやっぱり驚いてしまった。

「新人文官が指示を出せるようになるまで、何年もかかります。赤奏国への出向は、自国ではできない経験を得られる本当にありがたいお話でした」

茉莉花は、官吏になったばかりなのに、宰相補佐として茘枝城を立て直している。

まさに物語の主人公だと、莉杏は圧倒された。

「茉莉花はすごくお仕事ができるのですね……！」

きらきらと輝く尊敬のまなざしを茉莉花に向ければ、茉莉花は莉杏に新たな真実を教えてくれる。

「わたしは、文官としては新人ですが、官吏としては新人ではありません」

莉杏は小首をかしげたあと、茉莉花の言葉の意味を必死に考えた。

官吏とは、皇帝に仕える者のうち、官位をもつ人のことだ。文官と武官、そして後宮の女官は官位を与えられている官吏である。

（もしかして、武官だった……のかしら？）

え？　え？　と混乱していたら、茉莉花が正解をくちにした。

「実は、文官になる前、女官として後宮で働いておりました」

「ええええっ⁉　それって、それって……」

莉杏は新たな事実に興奮してしまう。

もうこれは間違いない。ついに想像が現実となったのだ。

「茉莉花は、実は名家の末裔で妃として後宮入りする予定だったのに、事情があって女官として後宮入りすることになった方なのですね!?」

「違います」

しかし、茉莉花にあっさり否定されてしまう。

「実は、偉大なる巫女さまの末裔だったのですか!?」

「それも違います」

再び茉莉花にあっさり否定されてしまう。

さすがに設定が多すぎたかもしれない……と莉杏は反省した。設定をあれもこれもと入れた物語は、どこを楽しんだらいいのかわからなくなってしまうのだ。

「赤の皇后陛下は、皇后になったばかりだとお伺いしました。わたしも文官になったばかりです。一緒ですね」

茉莉花の言葉に、莉杏の心がじわりと温かくなる。

「わたくし、やっぱり茉莉花を手本にします！　茉莉花のようにたくさん勉強して、茉莉花のようにできることを増やしていきます！」

莉杏は、こんなに素晴らしい女性から一緒だと言ってもらえて嬉しい。茉莉花と一緒な部分を、もっと増やしていきたくなった。

碧玲（へきれい）は禁軍（きんぐん）の書類を兵部（へいぶ）に届けに行ったあと、茉莉花（まつりか）と出会った。

頭を軽く下げて通り過ぎようとしたが、なぜか茉莉花から声をかけられる。

「あの、もしよろしければ、掃除道具があるところを教えてくれませんか？」

「掃除道具……ですか？」

掃除のために雇われていた者たちも、今は数が減っている。碧玲は、片付いていないところをまさか自分で掃除するつもりなのではと驚いた。

「実は先ほど、内戦での被害を抑えるための提案書を赤の皇帝陛下に出したのですが、不出来だったため見事に破り捨てられてしまいまして……」

「……それは、大変でしたね」

碧玲は疲れたように笑う茉莉花を見て、従兄（いとこ）の進勇（しんゆう）もよくこんな顔をして暁月（あかつき）の攻撃に耐えていたな……と思い出す。

（陛下からこんなに厳しくされたのに恋するなんてこと、ない……よな？）

碧玲は、茉莉花を掃除道具置き場へ案内しながら、心配そうにしていた莉杏（りあん）のために探りを入れてみた。

「……実は、私には姪がいまして、その子は皇帝陛下に憧れているのです」

莉杏を姪と言い換え、まずは姪の説明を軽くしておく。

「憧れる……というのは、あの憧れるですか？　え？　赤の皇帝陛下に憧れる？」

茉莉花がひどく動揺し始めた。その気持ちは碧玲にもよくわかる。

「はい。それで皇帝陛下のお話をよくねだられるんです。皇帝陛下がお連れした貴女の話をしたところ、陛下を恋い慕う人が増えてしまうと心配していて……」

「絶っ対に心配しなくても大丈夫ですとお伝えください。その、世の中にはもっと素敵な男性がたくさんいらっしゃることも、ぜひ」

茉莉花の眼が、想像上の姪——……莉杏に対し、趣味があまりにも悪いと心から思っていることを伝えてきた。

碧玲はそれを見て、なんだかほっとしてしまう。

「……姪があまりにも皇帝陛下を慕っていて、陛下に恋をしていない私をおかしいと言うので、もしかしておかしいのは私の方かと、最近不安になっていたのですが……」

「そんな！　提案書を突き返せばいいだけの話なのに、わざわざ破り捨てて掃除を大変にしてしまう方を恋い慕うのは、とても難しいことです」

碧玲は、いかにも女性らしい女性な茉莉花を近よりがたく感じていた。しかし、ここにきて、もしかすると友だちになれるかもしれない、と手のひらをひっくり返すことにした。

三問目

舒海成は、人事を担当する吏部の文官だ。

吏部にいた海成よりも偉い人たちは、堯佑軍に参加するか田舎に帰ってしまったため、今の吏部を動かしているのは、海成と宰相補佐の皓茉莉花の二人である。

「仕事大好きの茉莉花さんに、ついていけないんだよなぁ」

海成は、書庫の卓に残された資料を片付けながらぽつりと愚痴を零した。

白楼国からきた若き女性文官は、穏やかで優しそうに見えるが、中身は違う。

海成は、出る杭は打たれる官吏の世界で生き抜くために、適当に手を抜いた仕事をしていたのだが、それをあっさり茉莉花に見破られてしまった。

それ以来、彼女はふんわりと微笑みながら、海成を容赦なく激しく使っている。

(応援と嫌がらせのつもりで、皓茉莉花は三十歳すぎという噂を流してやったから、ちょっとだけすっきりしたけれど)

善人っぽい顔をしている人は中身もそのまま善人でいてほしい、とぼやいた。

「……そう、皇后陛下みたいに」

皇后は、善意だけで育てられていそうな、とてもいい子だ。そんな彼女が悪意というものに触れたら、どうなるのだろうか。

（悪意を受けつけず、今のまま大きくなる？　もしくは悪意を上手く呑みこんで、茉莉花さんみたいな女になる？　それとも悪意に染まって、今と正反対の悪女になるのかな？）

しかし、残念なことに、皇后が悪意に触れる機会なんてそうない。

（機会があれば見てみたいなんて、俺はよほど疲れているみたいだ）

いや、と海成はすぐに反論する。

「俺は性格が悪いんだよ。兄殺しの皇帝陛下や、残虐非道の堯佑皇子みたいにね」

最後の一冊を棚にしまったあと、海成の足はいつもの昼寝場所に向かっていた。

茉莉花からの問題を無事に解いた莉杏は、茘枝の木の世話に笑顔で向かった。

かごをもって北側の庭に行くと、奥の方にちらりと官服の端が見える。

（あっ、昼寝の人だわ。邪魔しないようにしないと）

午前中、莉杏は海成に助けられた。そして、読んだ書物の片付けもしてもらった。

「色々ありがとう」

莉杏にとっての海成は、眼を閉じているところしか見ていない一方的な顔見知りだったので、眼を開けて喋っていた午前中の海成はとても新鮮だった。

　莉杏はささやかな休憩をとっている海成を起こさないように、静かに寝顔を覗きこむ。しかし、莉杏の影が気になったのだろう。海成はゆっくりと眼を開けてしまった。

「皇后陛下……」

　驚いている海成に、莉杏は慌てて謝る。

「お休み中のところを邪魔してしまってごめんなさい」

　いつもは静かにその場を離れていたのだが、今日は失敗してしまった。

　海成は周囲をきょろきょろと確かめたあと、しまったという顔をする。

「これは……その、すぐ仕事に戻ります」

　海成の硬い声に、莉杏は手を振った。

「いいえ、誰にも言いません。残ってくれた官吏の皆さんがとても忙しいことは、わたくしもわかっています」

　海成は怒られることを心配したのだろう。莉杏は気にしなくていいと笑う。

「あ、でも貴方がここでお昼寝していることを、茉莉花には話してしまいました。でも茉莉花なら心に秘めておいてくれますから、大丈夫」

　茉莉花は、茘枝の木の世話をしている莉杏を見かけると、必ず声をかけてくれた。そのときに一度だけ、茉莉花も昼寝をしている海成を目撃したのだ。

茉莉花と一緒に仕事をしている海成なら、茉莉花の優しさを知っている。

安心させるために茉莉花の名前を出せば、海成はようやく肩から力を抜いた。

「……茉莉花さんと皇后陛下は、仲がいいんですね」

「はい。茉莉花はとても優しい人です。毎晩、部屋まで様子を見にきてくれて、細かいところまで気を配ってくれます」

「わかります。俺もよく助けてもらっていますから」

仲間だ！　と莉杏は海成に親しみを感じる。

「茉莉花が赤奏国にきてくれてよかったです。ここは茉莉花の国ではないのに、茉莉花はいつも一生懸命に働いてくれます。感謝してもしきれません」

仕事以外のところでも、茉莉花はたくさん働いているはずだ。

莉杏が海成に身振り手振りでそう訴えれば、海成はうんうんと優しく頷いてくれる。

「でも、ここでの茉莉花の成果は白楼国での評価に繋がらないと、陛下に言われてしまいました。茉莉花に申し訳ないです。せめてなにか恩返しができたら……」

茉莉花が赤奏国の文官ならば、出世という形で恩返しができる。報奨金を与えることもできる。

しかし、茉莉花はここへ研修を受けにきたという形になっているのだ。どれだけがんばっても、上司に「お疲れさま」と言われるだけである。

(きっと、陛下と白の皇帝陛下の間できちんと話し合って決まったことなのでしょうけれど、でも……このまま終わりにしたくはない)

手紙で感謝の気持ちを伝えるつもりではあるけれど、他にもなにかしたい。ずっと考えているのに、なかなか思いつかなかった。

莉杏がう〜んとうなると、海成が希望を示してくれる。

「……茉莉花さんへの恩返しの方法、一つだけありますよ」

「本当ですか⁉」

皇后としての勉強を始めたばかりの莉杏とは違い、海成は文官登用試験である科挙試験に合格したとても優秀な人物だ。

莉杏が眼を輝かせると、海成がにこりと微笑む。

「茉莉花さんのために、誘拐されてくれますか？」

海成にとって、ほんの出来心だった。

いい子なことばかり言う莉杏が、「だったらお礼のつもりでお前の命をかけてやれよ」と言われたらどんな反応をするのか、見てみたかったのだ。

そして、悪意を向けられた莉杏に対して、茉莉花がどう感じるのかも知りたかった。

——さぁ、どうする？

海成は、ひどいことをしている自覚がある。莉杏に申し訳なさを感じながらも、莉杏の返事を期待しながら待った。

すると、莉杏は戸惑いながらも、ゆっくり首を縦に振る。

莉杏は、海成の言葉をしっかり理解できたわけではない。なんでもしたいのは本当なので、とりあえず頷いただけだった。

「わたくしが誘拐されたら、茉莉花に恩返しができるのですか？」

莉杏から詳しい話を聞かせてほしいと頼まれた海成は、少しほっとした。幼い少女がためらいもなく命を捨てる覚悟を決めるなんて、ありえないと思ったからだ。

「皇后陛下は、皇帝陛下と堯佑元皇子が戦う直前であることをご存じですか？」

「はい」

「堯佑元皇子軍の中で最もやっかいな人物は、元禁軍中央将軍の布弦祥です」

莉杏にとっての布弦祥は、暁月から「仲よくしてもいい」と言われた相手である。弦祥は莉杏を見かければ必ず挨拶をしてくれたし、礼儀正しく接してくれた。

しかし、弦祥は堯佑と共に城を出てしまった。そして堯佑軍の総司令官となった今は、この城をどう攻め落とそうかと考えている最中だろう。

「布元将軍さえどうにかできたら、皇帝陛下がこの戦いに勝利します」

「それはどうしてですか？」

戦争とは、誰か一人を殺せば終われるというものではない。軍と軍がぶつかり、多数の死者が出ないと決着に納得できない……ということを、莉杏は暁月に教えられていた。

「堯佑軍は、『皇帝陛下が気に入らない』という人たちが集まってできた集団です。そんな寄せ集めの軍をひとまとめにできる軍人なんて、布元将軍ぐらいしかいません」

「布元将軍はとても立派な方ですものね」

莉杏は嬉しくなったあと、慌てて首を横に振る。それだけ立派な人物が敵対勢力にいるのだ。もっと恐れなくてはならない。

「皇帝陛下は、できることなら布元将軍の暗殺をしたいでしょう。けれども、布元将軍は槍の使い手としても有名です。簡単に暗殺されてくれるような人ではありません」

暗殺という物騒な単語が出てきたので、莉杏は怯みそうになった。

暁月が暗殺されるかもしれないという可能性ならずっと傍にあったけれど、自分たちが暗殺する側になるなんて、考えもしなかったのだ。

「一番いいのは、布元将軍が堯佑元皇子を裏切ってくれることなんですけれどね。でもそれはとても難しい。どうして難しいのかわかりますか？」

「はい。布元将軍は、堯佑元皇子の後ろ盾だからです」

布家は堯佑の母……先々皇帝の皇后の実家だ。弦祥は、「布家の血が流れる堯佑を守れ」

と言われて育った人である。堯佑を見捨てるわけがない。最後まで運命を共にする覚悟を決めているだろう。

「布元将軍を裏切らせることは無理でも、揺さぶることはできるかもしれません」

「揺さぶる……？」

「布元将軍の罪悪感を刺激して、堯佑元皇子との距離を置かせるんです」

「ええっと、距離を置くというのは、布元将軍に堯佑軍の総司令官から降りてもらうということでもいいのですか？」

莉杏の確認に、海成は頷いた。

「そのために、まず堯佑元皇子の臣下が、皇后陛下を誘拐します」

「えっ!?　誘拐してくださいとお願いしたら、わたくしを誘拐してもらえるのですか!?」

上手くいくかな……と莉杏が心配すると、海成はなぜか笑った。

「実は、誘拐するのは皇帝陛下側の人間です。堯佑元皇子の臣下のふりをして、貴女を誘拐して、堯佑元皇子のところへ連れて行きます」

「わたくしを勝手に誘拐してしまったら、堯佑元皇子は怒らないかしら？」

「大丈夫です。堯佑元皇子は喜んでくれますよ。怒るのは布元将軍の方です。あの人は、皇后陛下のような幼い方を誘拐することは卑劣だと思っていますから」

堯佑の臣下のふりをして、弦祥をがっかりさせるようなことをする、という海成の作戦に、莉杏は感心した。

「でも誘拐だけだと、布元将軍は一度ぐらいならと我慢してしまうかもしれません。だから、こちらは正しくて立派なことをして、主君の格の違いを見せつけます」

誘拐の責任を堯佑に押しつけるという行為は、明らかに正しくないし立派でもない。けれども、ときには嘘も必要なのだろうと莉杏は受け入れた。

「皇帝陛下が皇后陛下を助けるために、布元将軍へ手紙を送ります。一対一で話し合いたいと陛下が望めば、布元将軍は罪悪感から了承するでしょう」

「それは陛下がとても格好いいです!!」

危険だとわかっていても、妻のために一人で交渉の場に挑む。

そんな暁月を見たら、莉杏は百回惚れ直しても足りないぐらいだ。

「そうです。陛下はとても格好いいですよね。でも、布元将軍は捕虜となった皇后陛下の返還を拒むでしょう。手段は卑怯だったけれど、折角手に入れた最高の人質です。……ですから、その『折角』が霞むぐらいの卑怯なことを、堯佑元皇子側にまたさせます」

「また?」

「こちら側の兵士が、堯佑元皇子の臣下のふりをして、陛下と布元将軍の交渉の場に矢を放つんです」

莉杏は拳をぎゅっと握り、わかったと眼を輝かせる。

「一対一での話し合いというお約束を、勝手に破らせてしまうのですね！」

「はい。布元将軍は、約束を破らせた堯佑元皇子にがっかりします。それに加え、自分は信頼されていなかったと、またがっかりします。思わず、自分の主君と皇帝陛下を比べてしまいますよね」

卑怯な方法を使って、堯佑を卑怯者にしてしまう。

いいのかなと莉杏は思いつつも、これはたしかに名案だと大きく頷いた。

弦祥が堯佑軍の総司令官を降りてくれたら、暁月が絶対に助かる。

——堯佑はねぇ、救いようのない馬鹿皇子だ。自分に逆らうやつや、恥をかかせるやつに容赦はしない。

堯佑がどれほど恐ろしい人なのか、莉杏はもう知っている。

この作戦で堯佑の捕虜になれば、誰かに助けてもらわない限り、莉杏の首と胴体が離れて、豚の餌になるのだ。

（陛下がおっしゃっていた『死ぬよりひどいこと』になるのかも）

身体がぶるりと震えた。怖いか怖くないか、その二択なら『怖い』だ。

でも、やりたいかやりたくないかの二択なら……。

（——わたくしは、『やりたい』）

海成の作戦は、細かいところまでしっかり決まっていた。きっと少しでも戦での犠牲を減らしたいと思って、みんなでずっと考えて、ようやく完成した作戦なのだろう。

文官の海成たちは皆、できることをした。その結果がこの作戦だ。

（陛下はわたくしに、できることをしろとおっしゃった。この作戦で誘拐される人は、布元将軍に可哀想（かわいそう）だと思われなくてはならない。茘枝城に残った者の中で、可哀想になれるのはわたくしだけ。わたくしならできる）

そう、莉杏は本当にできてしまうのだ。誘拐される役は、ただ誘拐されるだけでいい。

（陛下の望みは、この国を平和にすること。わたくしの望みは、陛下の望みを叶える手伝いをして、陛下にとってなくてはならない存在になって愛してもらうこと）

ただ誘拐されるだけの役だ。できないと怖がれば、暁月の愛は得られない。

暁月は、可哀想な女の子を好きになる人ではない。自分の頭で考え、自分の足で立ち、今できることをする人が好きだ。

「わたくしが誘拐されたら、陛下は堯佑元皇子に勝てるのですよね？」

莉杏の確認に、海成は頷いた。

「ですが、これはとても危険な作戦です。堯佑元皇子は、恐ろしい方ですから、皇后陛下が逃げきれないときは……。まあ、こういう作戦もありますよというお話です」

莉杏の心はもう決まっている。莉杏は、海成の瞳をじっと見つめた。

海成はそんな莉杏に気づき、一瞬だけ瞳が揺らいだあと、穏やかに笑う。

「今のは、全部冗談です。もうこの話はおしまいにしましょう」

莉杏はとっさに海成へ手を伸ばした。

「わたくし、誘拐されて堯佑元皇子の元へ行きます」

海成の袖を掴み、決意を示せば、海成は優しい笑顔を向けてくる。

「こんな不確定要素の多い作戦を、陛下がお認めになるはずがありません」

「いいえ、陛下は認めます」

暁月は戦いたいわけではないことを、莉杏は知っている。可能性があるならば、そして失うものが莉杏だけならば、この作戦に反対しない。

「陛下以外にも、宰相閣下や、仲のいい茉莉花さんや、それからお世話をなさっている方々も、貴女に危険なことをさせるはずがありませんよ」

俺もです、と言いそうになった海成は、苦笑してごまかした。莉杏が本気にしてしまったことで、自分は一体なにをしているんだと、ようやく我に返ったのだ。

やっぱりこの話はやめようと再び海成が言おうとしたとき、莉杏は「いけない！」と可愛い声で焦ったように叫ぶ。

「わたくし、あなたにきちんと自己紹介をしていませんでした！」

真面目な話から、突然どうでもいい話に移った。

海成は莉杏の気まぐれに上手くついていけなかったが、なんとか愛想笑いを浮かべる。

「わたくしは、皇后の莉杏です」

莉杏は、習った通りに背筋を伸ばして相手の眼を見て上品に微笑む。

「……存じております」

海成が自分も名乗るべきだろうかと迷っている間に、莉杏は一歩海成に近づいた。

「だったら、皇后に命令できるのは皇帝陛下だけだということもわかりますよね？」

海成は、莉杏から見上げられていたはずなのに、見下ろされている気持ちになる。

「わたくしが誘拐されることは、わたくしが望んだ時点でもう決定しています。今から、皆さんと詳しい話をしていきましょう」

相手の言葉を奪うとても可憐な微笑みを、莉杏は海成に向けた。

「どこに行けばいいのですか？　宰相のところでしょうか。それとも禁軍ですか？」

莉杏が歩き出したので、海成は慌ててついていく。中途半端に伸ばされた海成の手は、何度も宙をかいた。海成は、本気で莉杏を人質にするつもりなんてなかった。いい子がちょっと困れば、それでよかったのだ。

「あ！　あなたのお名前を教えてください」

そうだ、と莉杏が振り返る。海成は伸ばした手を思わず引っこめてしまった。

「——俺は、吏部の舒海成と申します」

莉杏と海成は、たった今、ようやく本当の意味での知り合いになる。

莉杏がよろしくお願いしますと言えば、海成はぎこちなく頷き返してくれた。

莉杏は、人質になって暁月の役に立つことを決めたが、それならはいどうぞとあっさり話が進むわけではなかった。

海成の作戦が正式に採用されるまでに、大きな反対が三つあったのだ。

――一つ目は茉莉花だ。

実は、この作戦の原案を書いたのは茉莉花だった。それに修正を加えたのが海成だ。

原案での人質役は、茉莉花だったらしい。しかし、後宮女官（こうきゅうにょかん）のふりをした茉莉花では、弦祥の同情を得られないということで、暁月にこの作戦を却下（きゃっか）されていたのだ。

（茉莉花は、わたくしを人質にすることができなかった）

茉莉花は優秀な文官だから、莉杏を人質にする案も出せたはずだ。

けれども、茉莉花は優しい人でもあるので、莉杏を人質にすることを諦（あきら）めたのだ。

莉杏は、茉莉花が出した結論を、どうにかして変えなければならない。

「わたくし、堯佑元皇子の捕虜（ほりょ）になりたいのです」

茉莉花に相談したら、茉莉花はびっくりするほど顔をこわばらせた。そのあと、なぜか茉莉花と海成が言い争いを始めた。

海成は「本人がやりたいと言ったんだから」と莉杏の味方をしてくれたが、茉莉花は納得してくれなかった。絶対に駄目だと何度も繰り返す。

「大丈夫です、わたくしが死んでも、陛下はすぐに次の皇后を立てます。いくらでもわたくしの代わりはいますから」

暁月の皇后は、お金もちの家の生まれだといいとか、あちこちと繋がりのある家の生まれだといいとか、そういう『できれば』はあるかもしれないけれど、普通の武官の孫娘の莉杏でも皇后になれたのだ。にこにこ笑うことができたら、きっと誰でもいい。

「皇后の代わりはいても、貴女の代わりはどこにもいません！」

説得の最中に、茉莉花はそう叫んだ。その通りだと莉杏も思った。

（わたくしが命をかけてもいいと言っている間は、茉莉花は絶対にわたくしを人質として使ってくれない。だって茉莉花は、わたくしに生きてほしいと願っているから）

『死んでもいい』は、生きることを考えていない。

そんな気持ちでは、生きて帰る可能性がほんのわずかに残されていても、気づけずに手放してしまう。

莉杏は、『絶対に生きて帰りたい』と願うべきだ。最後まで生きる努力をしてから、『死んでもいい』なのだ。

——わたくしは、皇后としてできることをする。

誘拐されて堯佑のところへ連れていかれ、人質になる。

——わたくしは、莉杏としてもできることをする。

最後まで生きて帰ることを諦めない。そのための努力を最後までする。

（今の気持ちを、茉莉花にしっかり伝えてみよう）

自分は一人しかいないこと。みんなの気持ちを大事にしたいこと。

「わたくしは皇后として本気で戦います。そして陛下の元へ絶対に戻ります。だから茉莉花も、文官として本気で戦ってください」

二つの決意を茉莉花に示せば、茉莉花は泣きそうな顔になったあと、こう言ってくれた。

「絶対に、赤の皇后陛下を守りきります。わたしの文官としての力はそのためにあります。ですから、どうか、この計画にご協力ください……！」

莉杏は、最高の笑顔で答える。

「もちろんです！」

あとのことは、茉莉花と海成に任せよう。莉杏はそんな思いで海成を見上げたけれど、なぜか海成は莉杏と眼が合った瞬間、気まずそうに眼をそらしてしまった。

三つあった大きな反対のうち、二つ目は莉杏の祖父の登朗だ。

登朗は莉杏の幸せを誰よりも願っている。そのことは莉杏も暁月も他の人も、言われなくてもわかっていることだ。

「わたくしは、絶対に生きて帰ります。だから行かせてください！」

登朗は莉杏の頼みを迷わずに断った。頷く気はないという強い意志を、顔や眼、言葉や態度のすべてで伝えてくる。

「私はそんなことをさせるために莉杏を育てたわけではない！」

莉杏は登朗の叫びに、その通りだと微笑んだ。

「お祖父(じい)さまが育ててくださったから、わたくしは皇后の務めを果たしたいと言える孫娘に育ったのです。お祖父さま、ありがとうございます」

これまで育ててくれたことに感謝している。だから言い出せた。絶対に生きて帰るつもりがある。これからも皇后としての自分を導いていってほしい。

莉杏は自分の想いを、ひとつひとつ登朗に聞かせる。

登朗は何度も何度も駄目だを繰り返していたが、次第にその声は勢いをなくし――……ついに覚悟を決めてくれた。最後には莉杏を抱きしめ、「しっかり皇后の務めを果たすように」と言った。

大きな反対のうちの三つ目は、意外な人物だった。

莉杏はその人から「好きにしたら？」と言われるだけだと思っていたから、反対されたことにとても驚いてしまった。

「……陛下、まだお帰りにならないのかしら」

皇后誘拐作戦の参加については、茉莉花が暁月へ話をしてくれることになった。

許可が出なければそれまで、と茉莉花は言っていたが、莉杏は絶対に許可が出ると信じている。

暁月は、赤奏国を守るために立ち上がった人だ。そして、赤奏国を守るために莉杏を皇后にした。異母兄である堯佑と戦うことを決めた。莉杏が犠牲になることで平和が手に入れられるのなら、絶対にそうする。

この国を守りたいという心の中の炎に、莉杏は惹かれたのだ。

「莉杏！」

暁月の叫び声と同時に、皇帝の私室の扉が乱暴に開く。

いつもは従者に扉を開かせている暁月が、どうやら蹴り飛ばして開けたらしい。

「陛下、お帰りなさい！」

莉杏が笑顔で迎えれば、暁月の金色の瞳が恐ろしいほど鋭く莉杏をにらんできた。

機嫌が悪いのかなと思っていると、暁月は莉杏の手首を摑む。

「こい」

低くうなるような声だ。莉杏は少し驚きながらも、黙って暁月についていく。

暁月は莉杏と寝室に入り、寝室の扉を閉めたあと、ようやく莉杏と向き合った。

「あんたが堯佑の人質になりたがっているって茉莉花から聞いたけれど、本気なわけ？」

莉杏は覚悟を試されていることを察し、ゆっくり息を吸う。

「本気です。わたくしは、布元将軍と堯佑元皇子の関係へひびを入れるために、皇后としてできることをしに行きます」

「……あんたは、そんなことをしなくてもいい。向こうに弦祥がいても、おれたちは勝てる。珀陽から軍を借りるからね。そのためにあんたは池へ浸かることになったんだろうが」

暁月は、勝てない戦に民を巻きこむようなことはしない。

軍をぶつけ合うことになっても勝てるとわかっていたから、茘枝城から出て行く堯佑を止めなかったのだ。

「ですが陛下、大きな軍と大きな軍がぶつかれば、失われる命が増えます。どちらも赤奏国の民です。わたくしは一人でも多くの人に生きてほしいのです」

もう話し合いでは解決できない。犠牲者を少なくすることも難しい。

そんなときに、茉莉花と海成が夢みたいな作戦を立ててくれた。皇后である莉杏は、その作戦を夢みたいから現実に変えなければならない。

（陛下も同じ想いのはず。もう陛下は自分を犠牲にしているのだから）

暁月には、皇帝ではない別の未来があった。本人もそれを望んでいた。けれどもこの国のために、皇帝になることを選んでくれたのだ。

（わたくしも陛下と同じところに立ちたい）

莉杏は暁月と夫婦だ。比翼連理の誓いを立てた。自分だけ安全なところで笑っているなんてできない。

「あんたは、阿呆だ！　信じられないぐらい阿呆だ！」

しかし暁月は、莉杏の覚悟を怒りながら投げ捨てた。

「泉永や進勇、碧玲、双秋みたいな正義馬鹿はいいんだよ！　おれもだけれど、自分で選んだ道だからねぇ！　でもあんたは違う！　全っ然違う!!」

暁月の瞳の中にある炎が、より一層燃え上がった。

「あんたはおれに愛されたいから立派な皇后になろうとしているだけだ！」

莉杏は暁月に一線を引かれた。しかし、それで怯むような性格ではない。

「それのどこがいけないのです!?」

過程が少し違うだけで、選んだ道は同じ。

莉杏の開き直りに、暁月はそうじゃないと苛立ちを見せる。

「陛下だって、わたくしが人質になることで、多くのものを手にできるとわかっていらっしゃるでしょう？　個人的には賛成できなくても、皇帝としてならわたくしの覚悟を歓迎しているはずです」

幼い莉杏が冷静に事実を語るたび、暁月の心の中にある言葉にならない気持ちが膨れ上がっていく。

「ああ、くそっ！　そうだよ！」

暁月は感情に任せて叫ぶ。この展開を予想していたから、他の人に聞かれないよう寝室へ入ったのだ。

「あんたが死んでも代わりはいる！　その通りだ！　皇帝のおれはあんたに、皇后としてやるべきことをやれと命じなければならない！」

莉杏に言われなくても、暁月はわかっている。わかっていないのはあんただと告げた。

「あんたさぁ、おれのことを過大評価しすぎ！　おれがあんたを失っても平気だと、本気で思っているわけ⁉」

暁月から零された本音に、莉杏は眼を見開く。

「堯佑はねぇ、『幼いから』で手加減するようなやつじゃない！　あんたが想像もつかないような方法で痛めつけて、散々悲鳴を上げさせて、死んだ方が楽になれると思わせてから殺して、最後はあんただとわからないような肉の欠片をおれの前に投げ捨てるんだ！」

暁月は、その光景を簡単に思い浮かべることができた。

堯佑のやり方を、異母弟として見てきた。うっかり近くで見てしまったときは、吐き気に襲われて食事がとれなかったこともある。

「そんなことをされたら、自分がどうなるのかなんて、おれにもわかんねぇよ！」

覚悟をしていても、衝撃を絶対に受け、呼吸ができなくなる。

わかれよそのぐらい、と暁月は理不尽なことを莉杏に押しつける。

「あんたを皇后にしたばかりのころなら、あんたが死んでもしかたないで終わりにしてやった！　だけど今は違うだろう!?」

暁月が皇帝位を奪おうとした日に、莉杏と暁月は出逢った。その日のうちに、比翼連理の誓いを立てて結婚した。暁月は皇帝になり、莉杏は皇后になった。

あれから季節が移り、今はもう夏になっている。共に寝た日も、指だけでは数えられない。多くの時間を一緒に過ごしてきた。

「あんたが死んだら、おれは落ちこむ！　死ぬほど後悔するね！」

暁月は、心の中を莉杏にさらけ出す。

——莉杏は、魂が震えるというのはこういうことだ、と身をもって知った。

暁月にそこまでの情を移してもらえたことが嬉しい。信じられないぐらい大事にされていることが本当に嬉しい。

（でも、わたくしは『まだ足りない』と思ってしまう）

穏やかで優しい家族愛に浸りたいだけなら、やっぱり怖いと泣けばいい。暁月はそれでいいと言ってくれる。

――わたくしは、守られたいわけではないの。あなたに、愛されたい！

家族としての愛情のその先を求めるのなら、命をかけなければならない。そんなことはもうわかっていたし、覚悟もしている。

「……陛下は後悔しても進める人です」

茉莉花が文官として立てた作戦を人間として拒んだように。

海成が人質になれと莉杏へ提案しながらも苦い顔になったように。

人間はたった一つの感情だけを抱えて生きているわけではない。

莉杏は茘枝城にきてから、そんなところを何度も見てきた。

「陛下の心の中にある炎はもう消せません。そのぐらい大きくて激しいものです」

莉杏は手を伸ばし、暁月の胸に触れ、頬をよせた。

あなたの炎に焼かれたいのだと、暁月に教える。

「だからわたくし、陛下のことが好きなんです」

暁月は莉杏をいつものように抱きしめかけ……手を止める。代わりに莉杏の肩に手を置き、力をこめた。

「……そんな男じゃねぇよ、おれは」

苦しげな声が、莉杏の頭の上から降ってくる。

「行くなよ」

「いいえ、行きます」

暁月の願いを、莉杏は迷いなく突き放す。

「やっぱりやめるって言えよ！」

「言いません」

「まだ子どもでいてくれよ！　ここで笑ってくれたら、おれはそれでいい！」

夫婦になった日の夜、莉杏は暁月に「すべてはこれからだ」と言われた。

暁月と一緒に過ごしたことで、家族という愛情は確実に育んでいる。大事にされると嬉しい。愛されるのも嬉しい。

しかし、莉杏は強欲だ。それで満足できる女ではない。

「わたくしは、妹として愛されたいのではありません。あなたに女として愛されたいから、陛下の望みよりも早く大人になります」

莉杏の願いは、最初から一度も変わっていない。

あなたに愛されたい。愛される女性になりたいから努力をする。

そのまっすぐな気持ちは暁月にいつも伝わっている。暁月は莉杏のまっすぐなところを好ましく思っていて、ずっと大事にしてきたのだ。

「……成長が早すぎるんだよ」

大人であるはずの暁月は、子どものような愚痴を零してしまう。莉杏の肩に置いていた手を離し、莉杏の頭と背中に回して、強く引きよせた。

「絶対に戻ってくると約束できるか？」

「はい！　お約束します！」

莉杏は、生きて帰るための努力を、最後までする。

それは莉杏だけではない。茉莉花や祖父、残ってくれた人たちも、莉杏をどうにかして暁月の元へ帰そうとして、力を尽くすはずだ。

「……約束を破ったら死んで詫びろよ」

暁月は無理なことをため息まじりに呟く。

莉杏はそれに笑ってしまったあと、そうだと閃いた。

「あのね、あのね、陛下……」

莉杏はねだるように暁月の服の袖を摑んでひっぱる。

「なんだよ」

言っていいかな？　言っちゃおうかな？　と莉杏は迷ったが、やっぱり言うことにした。

「お約束を守れたら、わたくしにご褒美をください！」

きらきらと輝く大きな翡翠色の瞳が、暁月に期待という圧力をかける。

「……あんたってさぁ、いや、あんたはそれでいいよ……」

こういうときはもっと現実におびえるものだと暁月は言いそうになったが、やめることにした。できれば莉杏には、恐ろしい思いなんて一度だってしてほしくない。

「わかったよ。どんなご褒美がほしいわけ？」

「いいのですか⁉」

「怪我なく生きて戻ってきたらの話だからな」

「絶対に怪我なく戻ります！　だから、だから……」

莉杏は頬を赤く染め、背伸びをして、少しでも暁月に近づこうとする。

「陛下、わたくしにまたくちづけをください！」

きゃ～！　言っちゃった～！　と二度目なのに莉杏は心をときめかす。

そんな莉杏を抱きしめながら、暁月はそこだけはちっとも変わらない莉杏に呆れた。なにが大人になるだ、と舌打ちしてしまう。

「ふ～ん？　おれに恋してほしいって言わなくてもいいわけ？」

「わたくしに強制されてする恋なんて、わたくしには必要ありません！」

「へぇ、いい根性しているな」

莉杏の信念を暁月は面白がり、ぽんぽんと頭を叩く。そのあと再び莉杏を抱きしめた。

莉杏は、暁月の優しいぬくもりの中に恋という感情は入っていなくても、家族としての愛情ならたっぷり入っていることを知っている。

「……怪我一つなく戻ってこい」

「はい」

暁月のために、自分のために、そして大切な人たちのために、莉杏は「どうか生きて帰らせてください」と朱雀神獣に祈った。


大きな決意をしても、莉杏のやるべきことはあまり変わりない。

茉莉花や海成、登朗たちは作戦についてずっと話し合い、様々な準備をしていたけれど、莉杏は進勇や双秋に身を守る方法を少し教わっただけだ。

他には、星や太陽から方角を知ること、地図を見て道を選ぶこと、金をもっていないときの生き延び方といった、新しい知識も与えられた。

「とにかくこの地点まで行って、軍人に助けを求めてください」

莉杏が一人で逃げ出したときのために、誰もが『帰る方法』を考えている。

（わたくしは、絶対に生きて帰らないと）

莉杏は茘枝の木の実を採りながら、自分の人生を振り返ってみた。

十三歳の誕生日に後宮入りを願いに行ってから、状況がどんどん変化している。

（内乱が終わったら、わたくしの人生も少しは落ち着くのかしら。……陛下のお仕事は絶対に落ち着いてほしいわ。最近、夜遅くにしか帰ってこないから心配で……）

暁月の睡眠時間を気にしながら、収穫した茘枝の実の確認をしていると、近くの回廊を海成が通っていった。手を振ろうか迷ったが、仕事の邪魔をするわけにはいかないと堪える。

しかし、海成が不意にこちらを見たので、眼が合った。海成はすぐに駆けよってくる。

「皇后陛下、かごをおもちしましょうか？」

「大丈夫です。いつも自分でもっていますよ。茘枝の木のお世話を始めてから、力がいっぱいついたのです」

莉杏はかごをもち上げ、ほら、と軽々もっているところを見せた。

「そうですか。……最近、変わったことはありませんか？」

「変わったことですか？」

莉杏は身の回りのことをあれこれと思い返し、特にないという返事をしようとしたが、あっと声を上げる。

「陛下が夜遅くまでとても忙しそうです！　前よりもずっと大変みたいで……」

「ええーっと、そうですね。皇帝陛下は大変ですね。……皇后陛下は、夜に眠れないとか寝つきが悪いとかありませんか？」

「わたくしはすぐに眠ってしまうし、朝になるまでなかなか起きられないのです。だから陛下が帰ってきても気づけなくて……」

海成はなぜかほっとしたような顔になる。今のは、神妙な顔で「とても寂しいですね」と同情する場面ではないだろうか。

「作戦に向けての皇后陛下の準備は進んでいますか？」

「はい！　新しいお勉強もしましたし、わたくしは元気でいることがなによりだと言われたので、毎日元気にしています！」

ほら、と莉杏はもう一度かごをもち上げる。

「それはよかったです。……あと、なにかご希望があれば、できる限り手配します」

海成は科挙試験に合格した頭脳で、莉杏に『やり残したことはないか』という質問を直接的な言葉を使わずに伝えようとしたのだが、上手くいかなかった。

「希望？　手配？」

海成があまりにも遠回しな言い方をしたせいで、莉杏は首をかしげてしまう。

「ええっと、いつもなさっている茘枝の木の世話を誰かに頼むとか……」

「とても大変なときですから、少しの間ぐらいはお世話しなくても大丈夫ですよ」

海成は例を出してみたけれど、莉杏にちっとも伝わらなくて、頭を悩ませる。

「茘枝の木の世話以外にも、なにか思いつけば、……そう、紙にでも書いてくださったら、すぐにこちらでやっておきますから」

食べたいものがあるだとか、してみたいことがあるだとか、希望があれば生きているうちに叶えてやりたい。

とんでもなく最低な自己満足だと海成が自分に呆れたとき、莉杏がなにかを思いついたのか、大きな瞳を輝かせた。

「そうです！　紙！　こういうとき、物語の軍人さんは遺書を書いていました！」

莉杏は、気づけてよかったと息を吐く。

「わたくしも遺書を書くべきですね。海成、教えてくれてありがとう」

「いえ、そういうつもりでは……！」

「あっ！　でも物語に出てくる遺書は、子どもを頼むとか、財産は恋人にとか、そういうものばかりでした。わたくしには子どもがいませんし、財産はもっていませんし、皇后としての財産ならあるのかもしれませんが、それは陛下が管理していますし……」

莉杏は、遺書というものについて、真剣に考えてみる。

（なぜ遺書を書くのかというと、言い残しておきたいことがあるからよね？）

事前に言えないことを手紙に託す。それが遺書だ。

（お手紙と思ってもいいのかしら。なら、いくらでも書けそう！）

莉杏はみんなに感謝の気持ちを直接伝えたい。けれど、誰もが忙しい今はそれを我慢しなくてはならない。だから遺書という手紙を残しておく。

——これだ！　と莉杏は眼を輝かせる。

「わたくし、たくさん遺書を書きますね。海成にも書きます。とてもお世話になっていますから！」

莉杏は、そうと決まれば急がなければ！　と、かごを抱えて走り出す。

一人残されてしまった海成は、ため息をついた。

「なにやっているんだろう、俺は。死ぬことを意識させるなんて……」

海成は、先ほどの自分の言動を悔やむ。

上司にも、同僚にも、後輩にも、誰にでも好かれるように立ち回ることができるのに、あの女の子が相手だとどうしても上手くいかない。

「……本当に、なにやっているんだろう。あの子を人質にしようと言い出したのは自分のくせに、今さらいい人になろうとするなんて、呆れてものが言えない」

——自分の意地の悪い好奇心によって、女の子が死ぬかもしれない。

己のしたことの意味を実感しつつある海成は、後悔に押しつぶされそうだった。

作戦決行日の前夜、莉杏はいつも通り暁月の寝台を温めていた。

暁月は早めに部屋へ戻ってきたので、今夜は寝る前の時間を久しぶりに楽しめそうだ。

「ねぇ、陛下。わたくし、色々な人に手紙を書いたのです」

莉杏は寝台に入って天井を見ながら、陛下と、お祖父さまと、茉莉花と、碧玲と、泉永……――と指を折っていく。

「あと、海成にも書きました」

「……海成？」

暁月の反応が悪かったので、莉杏は海成についての簡単な説明をする。

「吏部の文官の舒海成です。とても仕事ができる方です。陛下はご存じなかったですか？」

「いや、海成は知っているけれど……」

海成のことを出世中で有名な若手文官だと信じきっていた莉杏は、暁月がなぜ考えこんだのかよくわからなかった。

「あいつ、できるやつかもしれないけれど、なんか性格悪そうなんだよな。善人ぶっているところが、茉莉花に似ている気がする」

暁月は海成についての感想を述べる。それは莉杏の予想よりも低い評価だった。

「海成はとても優しい方です。わたくしのために書物を取ってくれたり、茘枝の実を入れたかごを代わりに運んでくれたりしました」

「ふ〜ん？　あんたを人質にする案を考えたのは、あいつなんだけれどねぇ。……多分、できることを隠しているところがうっとうしいんだよな」

「海成は目立つことが苦手なのですよ、きっと」

莉杏が海成の言動をいい方向に解釈すると、暁月はにやりと笑った。

「あんたといい、茉莉花といい、海成のことをやけに気にするよねぇ。罪つくりなやつ」

なぜ海成が罪つくりなのかを莉杏は少し考え、あっと叫ぶ。

「陛下！　まさか嫉妬ですか⁉　えっ、なら茉莉花は、海成のことが気になっているのですか⁉　うそ、そんな話は一度も……って、あれ？　茉莉花と陛下は恋愛相談をする仲になっていたのですか⁉」

暁月の言葉に気になるものが色々盛りこまれていて、莉杏は一度に反応しきれない。

慌てる莉杏を暁月は楽しそうに見ていた。

「どっちも冗談だよ。茉莉花が海成を気にしているのは、やる気のなさに困っているからだろうよ。それに茉莉花と個人的な趣味嗜好の話をしたことなんて、一度もない」

「そうなのですか？　わたくしは……えっと、わたくしも……茉莉花の個人的なお話を聞いたことがないかもしれません」

いつも莉杏が喋ってばかりいるので、茉莉花は聞き役になってしまっていた。莉杏はそのことを今更反省する。

「へ～、それなのにあんたは茉莉花とお友だちだって言ってるわけ？」

「お、お友だちです！　茉莉花のお話を、次からはいっぱい聞きます！」

まずは、恋の話を聞いてみたい。茉莉花に恋人はいるのだろうか。それとも好きな人がいるのだろうか。莉杏は想像するだけでわくわくしてしまう。

「あいつの個人的な話って、死ぬほどつまらなさそうだけれどね」

「もう、陛下ったら！　茉莉花は、『名家の末裔で妃として後宮入りする予定だったけれど、事情があって女官として後宮入りすることになった』ではなく、『偉大なる巫女さまの末裔』でもなかったのですけれど、でもきっと素敵な物語を聞かせてくれるはずです」

楽しみだなぁとうっとりしていると、暁月がはいはいと灯りを消す。

「もう寝ろ。しっかり睡眠をとらないと、馬車の揺れに酔うぞ」

「はぁい」

暁月に寝ろと言われたけれど、莉杏はどきどきして眠れそうになかった。

これまで、莉杏が茘枝城に残されたことなら二度あったけれど、莉杏が茘枝城から遠く離れることは初めてだ。

（陛下が傍にいなくても、しっかりしないと！）

勉強や練習をして、色々な準備をしてきた。明日はいよいよ本番だ。

（……きっとね、わたくし、本当はちょっと怖い。でも、今は怖くないふりをしておかないと。一度でも「怖い」と声に出したら、どうなるかわからないわ）

――生き延びることだけを考える。怖いことは考えない。

そのためにも、今の自分には『嬉しいこと』が必要だ。

「ねぇ、陛下。手を繋いでもいいですか？」

「寝る前にねだるものがそれかよ」

暁月は子どもだなと言いながらも、莉杏の手を握ってくれた。

敵地に向かう莉杏がどんな精神状態でいるのか、暁月はずっと不安だった。

茉莉花たちには莉杏の様子をよく見ておけと言っておいたし、自分もできるだけ莉杏を支えてやりたいと思っているのだが……。

「あんたってさ、本当にいい子だよねぇ」

莉杏は、周囲に見せないけれど、不安も恐怖も抱えている。でも今は、莉杏の見て見ぬふりを手伝った方がいいのだ。

莉杏が帰ってきたら、『あんたの本当の気持ちは？』という問題に、本当の答えを言わせなければならない。

「最近、先に寝てもらうことが多くて悪かったな。おれにも都合ってものがあるからさぁ。平和になったら、もっとかまってやるから」

暁月は、莉杏を起こさないように静かに謝る。

「おれは弦祥と一騎打ちをしないといけないからね。ある程度の練習はしておかないと」

ここ最近、双秋や進勇を使って、秘密の特訓をしていた。

途中で登朗も参加し出して、もっと頭を使って戦わないとすぐに布元将軍の槍に刺されてしまいますぞとか言ってきたので、動いている最中に頭を使う余裕なんてないとわめくことになった。

「皇帝は、幼い皇后が誘拐されて人質になったことへ激怒し、布弦祥と一騎打ちする。……でもおれには弦祥に勝てるような実力がないんだよな」

もし自力で勝てるのなら、すぐに莉杏を取り戻せる。

でも、あっさり莉杏を返してもらえるという展開になってしまったら困る。

莉杏はとても可哀想で、その夫である自分がとても気の毒でなければ、弦祥に罪悪感を抱かせることはできないのだ。

「……このまま、夜が明けなければいいのに」

莉杏をずっとこの腕の中に閉じこめておきたいと思う日がくるなんて、結婚直後の自分に教えてやれたとしても、絶対に信じないだろう。


翌日、莉杏は馬車の横で皆の準備が終わるのを待っていた。

今から乗る馬車は、どこにでもありそうな普通のものだが、途中で何度か乗り換えることになっている。堯佑の間諜に、この計画を知られないようにするためだ。

――どうかこの作戦が上手くいきますように。

朝、莉杏は朱雀神獣廟へお参りに行った。作戦の成功と、無事に戻ってきたいということを頼んだのだ。

――わたくしがいない間、陛下が怪我しませんように。

暁月にも、弦祥と一騎打ちするという大事な役割がある。

莉杏は暁月の無事もしっかり祈っておいた。

「莉杏」

暁月に呼ばれ、莉杏は振り返る。暁月の手は、莉杏に渡された手紙を握っていた。

「あんたが言っていた遺書ってこれ？」

「はい」

暁月の確認と莉杏の返事に、周りの人がざわめく。

——遺書って……、あんなに小さいのに。

——こんな可哀想なことをしてもいいのだろうか……。

死を覚悟した証である手紙を見せられ、皆が莉杏に同情する中、暁月は手紙をひらひらとどうでもよさそうに振った。

「ふぅん」

暁月は莉杏の手紙を両手でもち直し、両手をそれぞれ異なる方向に動かす。

莉杏や出発の準備をしていた人たちは、暁月の動きを眼で追いかけ——……驚いた。

——びり、という裂ける音が響く。

眼の前で起こったことなのに、誰も理解できていない。手紙だった白いものがひらりひらりと落ちていくところを、全員で見守ってしまった。

みんながくちを閉じられずにいる中で、暁月はただ一人、満足そうに笑う。

「仕返し」

暁月の言葉は、莉杏だけに理解された。

（……そうだ！　わたくし、陛下が書いた離縁状を破いたことがあって……！）

意気地なし!!　嘘つき!!　と暁月に力いっぱい叫んだことを思い出す。

「言いたいことがあるなら、帰ってきてから直接言えよ」

今のは、莉杏と暁月にしかわからないやりとりだ。莉杏は手紙を破かれたのに、嬉しくなってしまった。

暁月は、莉杏が帰ってくることを信じている。おれの皇后はお前だと、叱って励ましてくれている。

「……はい！　直接言います！」

暁月の信頼に応えたくて、莉杏は笑顔で返事をした。


莉杏と暁月には、手紙を破いて捨てるというとんでもない行動への思い入れがある。けれども、周囲で見守っていた人たちは、二人だけの夫婦の絆を知るはずがない。

「うわっ……」

気持ちが冷えきっている海成の声に、茉莉花は黙って頷いた。

「あれはないよ」

「はい、ないですね……」

莉杏の覚悟を優しく受け止めてやればいいのに、と茉莉花も海成も思ってしまう。

海成は、視線を茉莉花から莉杏にゆっくり向け……——自分のくちびるをこっそり噛(か)んだ。

(……罪悪感で死にそうだ)

莉杏のことを『綺麗(きれい)な衣装(いしょう)を身につけている可愛(かわい)くていい子なお嬢(じょう)さん』という認識(にんしき)をしていたときは、ひどいことも提案できた。

けれども、知り合えば情がわく。莉杏と会話をするたびに、過去の自分の発言を悔(く)やんでしまった。

四問目

茉莉花が書き、海成が修正した『皇后誘拐作戦』。

作戦の始まりは、道教院の道士が殺されるところだ。

道教院は、朱雀神獣や他の神々を奉っているため、血を流すようなことは神々への冒瀆だと見なされる。だからこそ、道教院はいざというときの緊急避難先にされていた。

その道教院に莉杏と女官である茉莉花が茘枝の実を預けに行ったとき、既に道士たちが殺されていた。莉杏と茉莉花は慌てて戻ろうとしたが、何者かに捕まってしまう。

二人はどこかへ連れて行かれる最中に、道士を殺して自分たちを攫ったのは、堯佑軍の兵士だと知った。

（このすべてが嘘だなんて……茉莉花も海成もすごいわ）

まさに悪逆非道の行いなので、こんなことをしましたという報告を受けた堯佑が、詳しく調べてしまうのではないかと莉杏は心配した。

「堯佑なら『そんなことを命じたかも』とか『よくやった』になるからいいんだよ」

莉杏の心配を、暁月は蹴り飛ばす。

堯佑という人間の思考を理解するのは、莉杏にとってとても難しい。

「皇后陛下、宰相補佐殿、そろそろ手に縄をかけます。痛かったら言ってください」

護衛としてついてきた兵士が、莉杏と茉莉花の手首に縄をかけて縛る。これもできる限り痛くならないように、そしてわかりにくいけれど一定の手順でほどけるような細工になっていた。

「いよいよですね！」

まず、これが堯佑軍の兵士による誘拐だったと堯佑に信じてもらわなければならない。

莉杏は、おびえる可哀想な子どもを演じることになっている。上手にできるだろうかと、どきどきしてきた。

堯佑は、王都の隣にある紹州の州庁舎を居城として使っている。

莉杏と茉莉花は、そこに連れて行かれたあと、地下牢に放りこまれた。

地下牢の入り口に見張りは立っていても、地下牢内に見張りはいない。そのせいか、灯りがほとんど入ってこなくて、真っ暗に近かった。

（ここまでは予定通り！）

莉杏はくちを布でふさがれてしまったので、茉莉花と話せない。

けれど、茉莉花に笑顔を向ければ、茉莉花はこちらの言いたいことを理解し、しっかりと頷いてくれた。

（それにしても、堯佑元皇子が道士さま殺しの話をあんなに喜ぶなんて、驚いてしまったわ。わたくしには想像もつかないほどの恐ろしい方……）

——道士が暁月からの支援を受けていると聞いたので、確認しに行ってみたら、反逆者と罵倒されたので殺した。

堯佑は、兵士からこの話を聞いたあと、褒美を取らせてやると喜んだ。しかし、堯佑の傍に弦祥の姿はなかった。

（たしか、布元将軍は最前線の部隊を指導している最中なのよね。わたくしと茉莉花が捕虜になったという報告を聞いたら戻ってくるはず。そのときにわたくしはがんばらないと）

そうはいっても、演技力に自信はない。暁月もそのことを理解していたので、基本的には茉莉花が喋り、莉杏は茉莉花に庇われ、泣いているふりだとか身体が震えているふりだとか、そういう大げさな表現だけをすることになっている。

（あ……誰かきたみたい）

地下牢の扉が音を立てながら開かれ、ここに灯りを少し届けてくれた。

数人の男が、話しながらこちらに近づいてくる。

（この声、堯佑元皇子と布元将軍だわ！）

どうやら、事態は計画通りに進んでいるようだ。莉杏は少しほっとする。

（えぇっと、わたくしがすべきことは、恐ろしいことを言われたら身体を震わせること。もっと恐ろしいことを言われたら、泣くふりをすること。声も出ないほどおびえているように見せかけたいから、声を出さないこと。……あ、くちをふさがれているから、これは心配しなくてもいいわ）

莉杏は演技のために、堯佑と弦祥のやりとりに耳をすませる。

堯佑は、莉杏たちを捕虜にした経緯を弦祥に説明していた。

「まずは女官の指を一本ずつ暁月に届け、最後に首を送ろう。それから『次は妻だぞ』と脅す。暁月が応じなかったら今度は妻の指を一本ずつ届ける。幹家が到着するまでまだかかりそうだから、暇つぶしに私の寛大さを暁月へ見せてやろうではないか」

堯佑の言葉の中にある『恐ろしいこと』があまりにも多くて、いや、堯佑のこれからの予定がすべて『恐ろしいこと』なので、莉杏はおびえる前にびっくりしてしまう。

身体を震わせることはなんとかできたけれど、涙を流す演技はできなかった。

（どうしよう、上手くできなかったわ……！　布元将軍の反応はどんな感じだったのかしら。わたくしは顔を伏せているから見えなかったけれど、少しでもわたくしを可哀想だと思ってくれていますように……！）

莉杏が祈っていると、弦祥は重々しい声を出した。

「この者たちを殺す前に尋問をしてもよろしいでしょうか。暁月元皇子の情報が少しでも引き出せれば、今後の戦いが楽になります」

「それもそうだな。お前に任せよう」

とても機嫌がよさそうな堯佑は、弦祥の頼みに快く頷く。

弦祥は牢の見張りを呼び、莉杏と茉莉花がいる牢の扉を開けさせ、くちをふさいでいた布を取ってくれた。

「禁軍の将軍ともあろう方が、こんなに小さい子どもを人質にとるなんて……！」

話せるようになった茉莉花は、早速怒りを押し殺した声で弦祥を非難する。

「……一体、なにがあった」

弦祥が詳しい説明を求めれば、茉莉花は自分の眼でたしかに見たのだという演技で、嘘の話に説得力をもたせる。

弦祥は茉莉花との会話に集中していて、莉杏を見ていない。莉杏は茉莉花の背中に隠れながら、弦祥の表情を観察した。

(松明の灯りだけでは薄暗いから、はっきりとは見えないけれど……)

そうこうしているうちに、茉莉花は弦祥との会話の主導権を握り、弦祥の心に言葉の刃を突き刺していく。

「貴方は都合のいいときだけ立派な武官として発言し、都合が悪くなれば自分を擁護する法をもち出している！」

「真に立派な武官であれば、主君が道を間違えそうになったとき、それは違うと進言できるはずです！」

「ただ従うだけならば、犬にもできます‼」

弦祥は茉莉花の非難を浴びるたび、表情をほんの少しだけ揺れ動かした。

海成作の台詞は、弦祥に対してとても効果があるようだ。

（……あのときのお祖父さまも、こんな表情になっていたわ）

新たな皇帝になった直後の暁月に、「あんたもさぁ、自分の見て見ぬふりの責任を、ここでとりなよ」と言われたときの登朗は、今の弦祥と同じ顔をしていた。あと、祖母に叱られたときの顔にもちょっと似ている。

（誰かを信じて言われた通りに動くことは、とても楽なのかもしれない。……だからいつも陛下がわたくしに『考え続けろ』とおっしゃるのね）

そして暁月は、判断を間違う自分を、そして周囲がそれを諫めないことも恐れているのだ。

「……牢の中にいる捕虜の縄を解き、水を提供してやれ。女の力で破れるような牢ではないだろう」

弦祥は茉莉花との会話に耐えきれなくなり、話を打ちきる。けれども、最後の最後で、牢の見張りにそう言ってくれた。

莉杏と茉莉花は、牢の見張りに縄をほどいてもらい、水を飲み、ようやく一息つく。

「赤の皇后陛下、お怪我は？」

「大丈夫です！　この通り、とても元気！」

莉杏が微笑めば、茉莉花はほっとしたという顔になった。


牢に閉じこめられている間の暇つぶしは、小さな声でのお喋りぐらいしかない。

莉杏は、暁月のことをたくさん語った。この話題ならいくらでも続けられるのだが、これでは駄目だと気づき、茉莉花の話も聞くことにする。

「……ええっと、わたしの好きな人は、実は白楼国の貴き方なんです」

茉莉花は、好きな人の名前をはっきり言わなかった。赤奏国生まれの莉杏に言ってもわからないと判断したのか、もしくは……。

「貴き方……って、あ！」

これはもしかして、と莉杏が期待のまなざしを向ければ、茉莉花は正解だと微笑む。

「はい。お名前は言えませんが……本当に素敵な方です。見ているだけで幸せです」

名前が言えないのは、貴き方で、気安く呼んではならないから。

つまり、茉莉花の好きな人は『白楼国の皇帝』である。

（きゃ～～～！　すごい、すごい！　物語のよう……！）

元女官の茉莉花なら、皇帝とも顔見知りのはずだ。

これは大恋愛になること間違いなしで、物語にしたら涙が止まらなくなる大長編である。

「茉莉花の好きな人の話、もっと聞きたいです！」

莉杏がねだれば、茉莉花は想い人のことを話してくれた。

「我が国の皇帝陛下は、皇子のときに科挙試験と武科挙試験に合格なさった、とても素晴らしい方です。芸術にも長けていて、横笛の音色を聴いた者は夢のようだった、と……」

優しくて格好よくて完璧だと話す茉莉花の姿は、まさに恋する乙女だ。

茉莉花がここまで想いをよせる相手を、莉杏は自分の眼で見たくなってしまう。

「そういえば、赤の皇帝陛下の二胡の音色も、とても素敵でしたね」

予告もなしに、茉莉花がとんでもないことを言い出した。

莉杏は叫びそうになったが、手でくちを押さえ、気持ちを少し落ち着かせてから茉莉花に詰めよる。

「陛下が、二胡を……⁉」

「はい。白楼国にいらっしゃったときに、皆で合奏をしていましたよ」

「……わたくし、聴いたことがないのです！　わたくしも聴きたい……！」

そもそも、暁月が二胡を弾けるという話を知らなかった。寝台の中では、歌しかうたってくれないのだ。

（あ、でも、寝台に二胡をもってきても、ちょっと狭いかもしれないわ）

ならしかたないと莉杏はしょんぼりする。しかし、いつかは絶対に聴かなければならない。

「わたくし、陛下について知らないことがまだまだあるみたいです」

暁月の小さいころの話を、翠家の進勇や碧玲や乳兄弟である泉永から聞き、暁月が禁軍に在籍していたころの話を双秋から聞いているのだが、充分ではなかったようだ。

（それに、陛下と離れている間にも、また知らないことが増えてしまうわ）

今ごろ、暁月はきっと「莉杏と茉莉花が捕らえられて人質になっているぞ」という堯佑の手紙を受け取っているだろう。

暁月は明日、弦祥に手紙を渡し、一対一での対話を望んでいることを知らせる。

そして――……弦祥を呼び出し、一騎打ちを申しこむのだ。

（格っ好いい～～～～！！　もう駄目、想像だけで格好よすぎ～～～！！）

莉杏を返せと叫び、本気で戦う暁月の姿をすごく見たかった。なぜ自分はここにいるのだろうかと、これまでの話と計画をすべてを忘れそうになってしまう。

「海成は陛下のことを見てくれているかしら」

莉杏の呟きに、茉莉花は大丈夫だと励ましてくれた。

「海成さんなら、陛下をしっかり支え……」

「陛下の格好いいところをいっぱい見ておいて、あとで教えてくださいねって頼んでおいたのですけれど、やっぱりわたくしの眼でも見たかったです……！」

「……そ、そうですね」

今のところ、莉杏と茉莉花はお喋りができるぐらいに作戦を上手く進めている。あとは――……暁月たちだ。

暁月は、弦祥との一騎打ちに挑んでいた。

ある程度のところで、潜んでいる武官に合図を送れば、暁月を狙う矢が降ってくる。

そのあと、武官が堯佑軍の兵士のふりをし、弦祥をこの場から引き離し、安全なところまで送り届けた。

この作戦の、『暁月に矢を放つ』のところで、ある程度の人数が必要になる。

文官だけれど身長が高かった海成は、鎧を着せれば武官にも見えるだろうということで、矢を構えて立つという役をもらってしまった。

（鎧って重すぎるよ。……しかも、皇后陛下から妙なことも頼まれるし）

——陛下の格好いいところを見て、あとで教えてください！

海成は、莉杏の願いを拒否できるはずがなく、弦祥との一騎打ちという大きな仕事を終えた暁月をこうしてじっと見て、心の中にその様子を書き留めている。

（この人、性格悪そうだよな）

海成は暁月から似たような評価をされたことを知らないまま、暁月をそう評価した。

（でも、今の赤奏国をひっぱっていけるのは、この人しかいない。切り捨てることへのためらいのなさは、尊敬できるね）

勝手なことを心の中で言いつつ、「自分には関係のない話だけれど」とつけ加えておく。今回は莉杏を巻きこんだ責任から本気を出しているけれど、落ち着けばその他大勢に戻るつもりだ。出世したって、いいことはない。

「……あんたさぁ、おれになにか言いたいことでもあるわけ？」

暁月をじっと見ながら色々なことを考えていたら、暁月が突然振り返った。莉杏のためにずっと観察していたので、妙な誤解をされてしまったらしい。

金銭を巻き上げようとしている荒くれ者としか思えない台詞と目つきと態度で迫られた海成は、心の中で「暴力反対」と呟きつつ、あっさり事情を吐いた。

「皇后陛下から、皇帝陛下の勇姿を眼に焼きつけてのちほど報告するように、と頼まれました。お気を悪くさせてしまい、申し訳ありません」

頭を深々と下げたけれど、暁月の反応がなくて、冷や汗が出てくる。

「茉莉花も莉杏も、あんたのことをいちいち気にするのはなんでだろうねぇ」

暁月にじろじろと見られている気がする。おそるおそる顔を上げれば、眼が合った。

海成はいつもの癖で、つい愛想笑いを浮かべてしまう。

「皇后陛下のお心は、皇帝陛下に向けられております。ご心配なさる必要はありません」

さっさと会話を終わらせたい海成がそう言えば、暁月の表情が変わった。

「はぁ？　おれがあんたに嫉妬しているっていうわけ？　うっわ、あんな子どもにそういう感情をもつなんて、おれは考えもしなかったよ。あんたの中ではありなわけね。とんでもない趣味をもつのは自由だけれど、あんたとおれを一緒にしないでくれる？」

心底気持ち悪いという視線を向けられ、海成は大声で反論したくなったのだが、ぐっと堪えた。

（この人、本当に性格悪いな……！　息を吸うように煽ってくるし！）

莉杏への報告書に、この台詞を一言一句書き記して、性格の悪さを教えてやろうか……という子どもっぽい仕返しを考えてしまう。

「ついでに言っておくけれど、おれはあんたがどうして目立たないようにしているのかだとか、なんで手抜きの仕事をしているのかだとか、そこへの興味はちっともない」

海成は、暁月の言葉になにも言えなかった。

違うと訴えれば訴えるほど、肯定しているように聞こえてしまいそうだからだ。

「あんたさぁ、やっておきながら後悔するなよ」

暁月は、海成の後悔に気づいている。そして悩んでいることも知っている。

「その後悔を莉杏にぶつけるな。あんたがやったことだ。あんたが責任をもて」

小さな女の子を人質として差し出すという作戦を提案したのは海成だ。

海成は、犠牲になった莉杏に謝った方がいいのではないか、それで許してもらった方がいいのではないかという浅ましい欲望を否定され、その通りだと黙りこむしかなかった。

――堯佑の人質となった莉杏と茉莉花が弦祥を揺さぶり、暁月もそれに加わり、堯佑自身も君主に相応しくない言葉と動きで弦祥を揺さぶる。

この作戦は、最初から短期決戦だと決まっていた。莉杏と茉莉花は、弦祥を揺さぶることができた時点で逃げ出さなければ、堯佑に殺されてしまう。

（陛下の間諜がどこかにいて、わたくしたちを見ている……のよね？）

堯佑が茘枝城へ間諜を放っているように、暁月も堯佑軍に間諜を放っている。

暁月は間諜に「莉杏と茉莉花を助け出せ」と命じてくれたが、敵地の真ん中という場所

でどこまでできるのかは、やってみないとわからないはずだ。

（牢を開けてもらえるぐらいの期待しかするなよ、と陛下はおっしゃっていたわ）

助けがきますように、と朱雀神獣へ祈っていた莉杏に、救いの手を差し伸べにきたのは、意外にも弦祥だった。

茉莉花に揺さぶられ、暁月に揺さぶられ、身内からも揺さぶられ、弦祥の気持ちに変化があったのだ。

「そちらの暁月元皇子の奥方だけは、私が責任をもって暁月元皇子の元へ送り届けよう」

しかし、弦祥はすべてを救ってくれるわけではない。

茉莉花はそれでもいいと言い、莉杏を弦祥に託そうとする。

莉杏は、弦祥と茉莉花のやりとりを黙って見守った。

（本当は、茉莉花も一緒に連れて行ってほしいと布元将軍にお願いしたい。それができなければ、一緒に残ると言いたい）

莉杏はその気持ちを、暁月の言葉を思い出すことでぐっと堪える。

——どちらかを逃がしてやると言われたら、……多分そういうときはあんたになるだろうけれど、迷わず従え。女二人を連れて逃げるのは難しい。一人ずつ逃がす方が楽だ。

莉杏が弦祥に逃がしてもらえたら、暁月の間諜は茉莉花だけを連れ帰ればよくなる。

（あとは茉莉花を信じましょう……！）

莉杏は弦祥と共に、夜の廊下を駆け抜ける。

最初は走っていたのだが、弦祥は莉杏を抱えた方が速いと気づき、莉杏は途中から脇に抱えられた。

「ここからは馬で移動します。乗れますか？」

「一人では乗れませんが、誰かのうしろに乗ったことはあります」

逃げるときに馬を使うこともあるだろうと言われていたので、莉杏は馬に乗る練習をしていた。しかし、初心者が馬を走らせることなんて無理なので、誰かに乗せてもらう前提の練習しかしていない。

「今のうちに距離を稼ぎます。しばらく耐えてください」

弦祥は大きな外套を着て、その中に莉杏を入れる。

こうしておけば、誰かに見られても「布将軍が馬に乗って一人で駆けていった」と思われるだけですむのだ。

莉杏は弦祥から言われた通りに動き、夜の騎乗に耐え続けた。朝方になってからようやく弦祥が馬を止める。

「ここは私の部隊の野営地です。このまま進めば暁月元皇子の支配下になります。商人の馬車に乗せてもらえるようにしますので、あとは一人でお帰りください」

「ありがとう、布元将軍」

莉杏は馬から降り、まずは助けてくれたことへの礼を言った。

「わたくしを助けたことを堯佑元皇子に知られたら、布元将軍は大変なことになるのではありませんか？　なにかわたくしにできることがあればおっしゃってください」

助けてくれた弦祥に、莉杏は感謝の気持ちを返したい。

弦祥は、あまりにも素直で心優しい莉杏の申し出に眼を細めたあと、丁寧に断った。

「私は自分にできることをしただけです。お気持ちだけ頂きましょう」

道士が殺されたことを喜び、莉杏と茉莉花を切り刻もうとした堯佑。

自分の立場が危うくなるとわかっていても、莉杏を助けてくれた弦祥。

考え方が真逆だと言ってもいいのに、この二人はなぜか主従関係にある。

「……布元将軍は、どうして堯佑元皇子に仕えているのですか？」

莉杏は、直接本人に訊いてみたかったことを、ようやくくちにできた。

疑問に思ったことはできるだけ訊け、と暁月に言われていたので、勇気を出せたのだ。

「私は布家の生まれです。布家の血が流れる皇子殿下をお守りするのは、私の役目です」

「そうですね。血の繋がりは、とても大切なものです。わたくしにもお祖父さまとお祖母さまがいますから、大切にしたい気持ちはよくわかります」

弦祥の堯佑に仕える理由は、莉杏にとって予想通りのものだった。なら次だ。

「あなたがわたくしの陛下にお仕えできないのは、わたくしの陛下になにか欠けているものがあるからなのでしょうか」

莉杏の質問に、弦祥はほんの少しだけ迷いを見せたが、きちんと答えてくれた。

「……もし布家に生まれなかったのなら、一度は暁月元皇子の下で軍を指揮してみたいと思ったでしょう」

弦祥は遠回しな言い方で、暁月を認める。きっと今の精いっぱいの言葉だ。

「よかった！　わたくしの陛下も同じ想いのはずです」

生まれた家が違えば、弦祥は味方になってくれていたかもしれない。たったそれだけのことだけれど、莉杏は嬉しくなる。

「貴女は……、蕗家に生まれなければ……と思うことはありませんでしたか？」

今度は逆に、莉杏が弦祥に尋ねられた。

莉杏は今までのことを思い返し、どうだろうかと考える。

「蕗家に生まれなかったら、陛下にお逢いできなかったので、わたくしはやっぱり蕗家に生まれたいです」

莉杏が暁月の皇后になれたのは、『ちょうどよかったから』だ。

他の家に生まれたら、あの日のあの場所に莉杏はいなかっただろう。

「貴女は暁月元皇子の妻になったことを、一度も後悔していないのですか？　このように誘拐され、恐ろしい目に遭ったのに、それでも？」

人は見たいように見てしまうものだと、莉杏は祖母から教えられた。きっと弦祥には、莉杏が『皇后になった可哀想な子』に見えているのだ。

皇后になったことを一度も後悔していない莉杏は、弦祥の考え方が新鮮に感じられた。

「……そうですね。わたくしは、十三歳の誕生日になるまで、この国が大変なことになっているという現実を知りませんでした。飢えている人がたくさんいて、このままでは国が滅んでしまうなんて、想像もしていなかったのです」

赤奏国の状態を教えてくれたのは暁月だ。暁月はそれからも莉杏に色々な知識を与えてくれている。

「十三歳までなにも知らなかったこと、そして十三歳までなにもしなかったことの責任を、わたくしは今ここでもとっているのです」

幼い少女の澄んだまなざしと、その覚悟に触れた弦祥は、息を呑む。

可愛いだけの少女だと思っていた莉杏を、一人の人間として認識できた瞬間だった。

「お祖父さまも同じです。見て見ぬふりを続けた責任を、宰相になるという形でとることにしました。きっと陛下もです。皇帝になってこの国を平和にすることで、責任をとろうとしています」

あの日、暁月の手を取ったことを、莉杏は後悔していない。それどころか、暁月と引き合わせてくれた朱雀神獣に心から感謝しているぐらいだ。

「でも、わたくしもお祖父さまも、陛下とお話をしたことで決断できました」

一人では駄目だった。それぐらいのことなら莉杏にもわかる。

弦祥にも、自分と同じ機会を手にしてほしい。

そのあと、どんな結論を出すのかは弦祥次第だ。もしかしたら迷いを振り払い、堯佑に心から仕えるようになるかもしれない。

(それでもいいの。わたくしは、迷っている人に手を差し伸べたい)

弦祥を慕う人間はいくらでもいる。莉杏の祖父も弦祥を尊敬していた。自分だけでなく皆が手を差し伸べたら、弦祥は誰かの手に救われるかもしれない。

「布元将軍、このままわたくしと茘枝城に行きませんか？　一度、陛下とお話をしてみてください。一人では答えを出せなくても、二人なら簡単に答えを出せてしまうときがあるのです」

莉杏は、いつも色々な人の手を借りて答えを出している。

手紙の置き場所も、茉莉花の年齢も、一人では絶対に解けなかった問題だ。

「……ありがとうございます。ですが、暁月元皇子は私と話す気などないでしょう」

弦祥の苦しそうな言葉を、莉杏は笑顔で否定する。

「あら！　そんなことはありません。わたくしにはわかります」

絶対に大丈夫だと、莉杏は一生懸命に説明した。

「陛下は堯佑元皇子の異母弟です。血の繋がりがあるのです。貴方の気持ちを陛下は理解できています」

弦祥は莉杏に「貴方は間違っている」と叫ばれたら、「なにも知らないくせに」と叫び返しただろう。

けれども莉杏は、貴方なりの答えを出せばいいと微笑むだけなのだ。

――弦祥は、暁月との一騎打ちを中断させ、暁月に誤解をさせてしまったことが、ずっと気になっていた。

暁月に信じてもらえなくても、騙すつもりなんかなくて、本気で戦っていたということを、きちんと伝えたい。

「暁月元皇子の奥方殿、お願いがあります。茘枝城までご一緒してもよろしいでしょうか」

弦祥は、莉杏を無事に茘枝城へ送り届けるという約束を茉莉花としている。茘枝城行きは約束を守るためのものだと自分に言い訳し、暁月ともう一度話す機会を求めた。

莉杏は弦祥と共に、無事茘枝城へ戻ってきた。

茘枝城の門の前で馬から降りると、弦祥の姿に皆が驚いて武器を突きつけるので、莉杏はその必要はないと慌てて説明する。

そうこうしているうちに、暁月が現れた。

「陛下！」

暁月の姿が見えた瞬間、莉杏の視界から暁月以外のものが消えた。

莉杏が必死に手を伸ばして暁月に飛びつけば、すくい上げるようにして抱きしめられる。

（陛下だ！　陛下だ!!）

抱き上げられて地に足が着いていないことにも気づけないほど、今の莉杏は暁月のぬくもりしか感じられなかった。

「ただいま帰りました！　わたくし、わたくしは……！」

言いたいことがちっともまとまらなくて、莉杏はもどかしくなってしまう。

そんな莉杏に、暁月はわかったわかったと言わんばかりに背中を叩いてくれた。

「……お帰り」

離れていたのはたった数日だ。もっと離れていたこともある。けれど、あのときと今回は心細さがまったく違った。

（わたくし、本当は最初から緊張していたし、怖かった）

暁月の元に帰ってきたことで、初めて本音に向き合えた気がする。

「怪我はないか？」

「はいっ……！」

「そうか。よくやった」

莉杏は、暁月のたったこれだけの褒め言葉が、ただ嬉しい。

（わたくし、この言葉がほしかったの……！）

暁月の理想の皇后は、人質になるという仕事をきちんと果たせる。そして生きて帰ってくる。莉杏はそれを、最後まで完璧にできたのだ。

（よかったぁ……会いたかったぁ……！）

無我夢中でぎゅっとしがみついていたら、暁月の手が莉杏をひょいと引きはがした。

「えっ!?」

動揺している間に、莉杏の足の裏は地面に着いてしまう。

「はい、ここまで。あんたはとりあえず待機。おれは仕事」

暁月はくるりと身体の向きを変え、弦祥と向き合った。

「話がありそうな面だな。いいぜ、こいよ」

暁月と弦祥は、たったそれだけの言葉で通じ合えたらしい。暁月は弦祥と共に茘枝城の奥へ消えていってしまった。

「ううっ……感動の再会……！」

もっとじっくりやりたかったけれど、陛下はお仕事だから！　と莉杏は必死に自分へ言い聞かせる。早く続きができますようにと祈っていると、碧玲が涙目で飛びついてきた。

「皇后陛下！　よくぞご無事で……！」

すぐに泉永も駆けつけてきて、あれこれと心配してくれる。

「怪我はありませんか!?　お腹はすいていませんか!?」

泉永に続き、周りの人が次から次に声をかけてくれた。それに答えながら、莉杏は一番気になっていることを周囲の人たちに尋ねる。

「茉莉花は？　茉莉花は帰ってきていませんか!?」

莉杏が逃げたあと、茉莉花も逃げることに成功しただろうか。

なにか情報はないのかと訊けば、泉永が表情を曇らせた。

「まだ連絡がなくて……」

莉杏の胸がきゅうっと痛くなる。けれども、連絡がないのなら、逆に希望はある。ここで茉莉花の指を見せられたら、莉杏は絶望するしかない。

「さっきありましたよ、連絡！」

双秋の叫び声に、莉杏は眼を見開いた。

「無事です。もうじき戻ってくるはずです」

大丈夫だと言われて、莉杏の眼に涙が浮かんでくる。

茉莉花は作戦を立てた責任を感じ、莉杏と一緒に人質になってくれた。

本当は莉杏一人でも充分なのに、莉杏の演技だけでは弦祥を揺さぶれないかもしれないと言って、ついてきてくれたのだ。

「よ、かった……!」

座りこんだ莉杏を、碧玲が支えてくれる。

「皇后陛下、宰相補佐殿の帰りは部屋でお待ちしましょう。さぁ、こちらへ」

莉杏はまだ休まなくてもいいけれど、ここで茉莉花を待っていてもみんなの仕事の邪魔になるだけだろう。

「茉莉花の姿が見えたら、絶対に教えてくださいね!」

莉杏は双秋たちに頼み、碧玲と共に皇帝の私室へ向かう。

暁月に話したいことも、みんなに話したいことも、たくさんある。

気持ちの高ぶりがなかなか収まらなくて、どこかへ走り出したくなってしまった。

莉杏は今のうちに湯を使って身を清める。清潔な衣服に身を包み、簡単な食事も出してもらい、暁月と茉莉花の帰りをおとなしく待つ。しかし、二人ともなかなか帰ってこない。

「まだなのかしら」

莉杏は窓に張りついて外を眺める。ここから正門が見えるわけではないけれど、落ち着かなくてついそうしてしまうのだ。

そわそわしていると、複数の足音が聞こえてきた。窓の外に向けていた顔を扉の方へ向けると、暁月の声が聞こえてくる。

「……ああ、少し休むから」

暁月が部屋に戻ってきた。莉杏は扉が開くと同時に暁月へ飛びつく。すると、それを予想していた暁月は、手を伸ばして莉杏の頭を押さえ、莉杏の動きを封じた。

「まずは報告。最初から最後まで、事実だけを言え。あんたの感想はいらない」

「はいっ！」

莉杏は、馬車で堯佑の元へ向かうところから、順番に事実だけを述べていった。勿論、足りないところもあるので、暁月に指摘されるたびに説明をつけ足していく。

「布元将軍の部隊の野営地に着いたとき、布元将軍はわたくしを商人の馬車に乗せて茘枝城へ向かわせるつもりでした。野営地で布元将軍と話したときに、布元将軍から今後についての迷いを感じられたので、茘枝城に行こうとお誘いしました」

莉杏は作戦中に起こったことを、つたないなりにすべて話す。

「よし。あとはこれを報告書へまとめられるようにすることが今後の課題だな」

「はいっ」

「あんたは報告書を書けなくてもいいけれど、後宮の女官に書かせないといけないし、不出来なやつを指導するって仕事もあるからね。書けないやつは指導もできないからさ」

一つできるようになったら次はこれ。次もできるようになったらその次はこれ。

今はみんなが忙しくて、莉杏はとてもゆっくりな成長になっているけれど、自分の成長が眼に見えると嬉しくなる。

「それと……莉杏、こっちにこい」

莉杏は暁月に手招きされ、寝室に入る。寝台に座った暁月が手を伸ばしてきて、莉杏を抱き上げて膝へ向かい合うように座らせてくれた。

「弦祥を連れてきたのはいい判断だった。よくやったな」

「本当ですか⁉」

「冷静になれば、使命感や戦の高揚感でごまかしてきた気持ちを見つめられるようになるからな。第三者視点で見る堯佑なんて、嫌悪のかたまりだろうが。あとは弦祥を上手く引き留めて……」

「心変わりしてもらうのですね！」

「そう」

褒められた！　と莉杏は喜ぶ。深く考えず一緒に行こうと弦祥を誘っただけだけれど、嬉しい結果になったようだ。

「陛下……あのね、わたくし、陛下のことがすごくすごく好きです」

「知ってるって」

またそれかよと暁月は言うけれど、表情は優しかった。

莉杏の胸がつきんと痛んだあと、どきどきと音を立てる。

「今のは、お手紙に書いたことなのです。まだ他にもたくさんあるので、あとでいっぱい聞いてくださいね」

「わかったよ。あんたの遺書って愉快なことになってるな」

暁月は、とても退屈する予感しかしないけれど、最後まで付き合うことにした。

「茉莉花にもお手紙に書いたことを直接言いたいです。……あっ、茉莉花はもしかして一人で逃げてきているのですか!?　ならお迎えに行かないと！」

「あのいかにもとろそうな女が、一人で脱出できるわけないだろうが。珀陽が堯佑軍にこっそり自分の武官を潜りこませているから、そいつらが手を貸しているよ」

「茉莉花の指、全部残っていますよね!?」

「多分な。こっちには一本も届いていない」

「首も繋がっていますよね!?」

「それも多分な」

莉杏は、暁月の話を信じているけれど、それでもよかったと安心するのは、茉莉花が戻ってきてからにしたい。

全部繋がっていますように、と莉杏が真剣に祈れば、暁月の指が額をつついてくる。

「あの女のことは気にしなくていい。こっちに派遣された白楼国の武官連中は、『皓茉莉花を最優先で救出しろ』と命じられているだろうからな。今回の作戦は、あんたが一番危なかったんだ」

莉杏の知らないところで、白楼国の官吏が色々なところに潜んでいたらしい。暁月はそのすべてを把握して、状況に応じて方針を変え、新たな命令を下している。

(皇帝陛下というお仕事は、とても大変なのね)

なにも知らないときもそう思っていたけれど、学べば学ぶほどその思いは強くなる。

どうにかして暁月を支えたいけれど、報告書の書き方をこれから習うという段階では、言い出すのも恥ずかしい。

「あんたと同じように、あの女も馬に慣れていない。安全圏まできたあと、一旦休憩を入れているんだってさ。遅くても今日中に着くだろうよ」

「無事と聞いても、わたくしはやっぱり心配です。うう〜……！」

「多分向こうも、あんたがなにをやらかすのかって不安だろうな」

にやにや笑う暁月に、莉杏は「もう！」と抗議した。

「——さて、と。これであんたからの報告は終わったし、弦祥はどうにかなりそうだし、茉莉花も無事だ。あんたの気がかりは一応なくなった」

用がすんだ暁月が「じゃあな」と言って立ち上がると思った莉杏は、暁月の膝から降りようとしたが、暁月の手によって引き戻される。

「陛下？」

「だからな、もういいんだよ」

「もういい？」

莉杏は首をかしげながら、暁月の声の調子が変わっていることに気づく。いつもより、どこか優しいのだ。

「大丈夫だとか、がんばりますだとか、あんたはもうそんなことを言う必要はない。十三歳の子どもらしく、素直に言いたいことを言え」

けれど、言葉はいつもと同じように、まっすぐ莉杏の元に届く。

（わたくしの、素直に言いたいこと……）

莉杏には、ずっと見て見ぬふりをしてきた気持ちがあった。それがざわめき出したような気がして、身体に力が入る。

「あんたはこの作戦中、ずっと怖かったんだろう？」

暁月に問われ、莉杏は首を横に振った。

「怖くなかったです」

莉杏は立派な皇后になりたい。立派な皇后とは、泣いて嫌だと言う女の子ではない。

「おれをそんなことも言わせられない夫にするなよ。怖かった、本当は嫌だった、って言え。おれにだけは、きちんとすべて吐き出せ」

暁月の声が、莉杏の頬を撫でる指が、莉杏の心をほぐしていく。

「おれがあんたに行くなと言ったように、あんたも言うんだ。……おれたちは夫婦だ。夫婦の刺激になるような秘密も必要だし、夫婦喧嘩もときにはした方がいい。でもそれは夫婦の絆を深めるためにやることなんだよ」

莉杏が祖母から教わった教えを、暁月はきちんと覚えてくれていた。それだけではなく、どうしてそのような教えがあるのかまで、しっかり考えてくれている。

「互いの本心を明かせない夫婦に、絆なんてものは生まれない」

夫婦の絆を深めるために本心を言うべきだという暁月の主張と、莉杏の立派な皇后になりたいという気持ちがぶつかり、莉杏は混乱してくる。

「……わたくしは、嫌ではなかったのです！　陛下のお役に立てて嬉しかった！」

それは莉杏の本心だ。けれども、それだけではない。

(だって、わたくしは……。あ……)

暁月の顔を見れば、暁月が笑っていた。いつもよりとても優しくて、莉杏は驚いてしまう。そのせいで『立派な皇后の模範解答』が頭の中から消えてしまった。

「本当は……行く前にちょっと怖かったのかもしれません。でもちょっとです」

「うん」

ぽろり、と莉杏の本当の気持ちが、模範解答の代わりに零れていく。

いけないと思っているのに、莉杏はなぜか止められなかった。

「帰ってきてからは、ずっと緊張もしていて、もう少しだけ怖かったのかもって……」

あ、いけない、と莉杏は思った。

零れたのは、本当の気持ちだけではない。涙もだ。

「ち、違っ……わたくし、こんなつもりは……！」

手で拭おうとするけれど、間に合わない。焦る莉杏の手を、暁月は優しく握る。

「いいんだよ、それで。やることとやれるのなら、怖くてもいいんだって」

莉杏は、自分の手を握る暁月の手をじっと見たあと、顔を上げる。

「……怖くても、いいのですか？」

「他のやつらの前では、怖くないって顔をしてもらうけれどな。この寝室の中では、好きなだけ弱音を吐いていいんだよ。おれだってそうだろうが」

暁月は、皇帝としては莉杏を犠牲にする作戦を迷わず採用しながら、暁月個人としてはこの寝室で心から嫌がった。莉杏を説得しようとした。

（寝室の中なら……）

嬉しいことも、悲しいことも、恐ろしいことも、本当の想いをすべて見せてもいい。

「……わたくし、死にたくないです」

「そうだよな」

莉杏の瞳から、熱い涙が次々にあふれていく。

「陛下のためなら死んでもいい！　でも、死ぬのは怖い……！」

「おれだって怖い。同じだ」

ぶるりと震えた莉杏の身体を、暁月は抱きしめてくれた。

「死ぬときは一緒がいいです！　陛下の傍で死にたい……！」

莉杏の子どもらしくない、あまりにも情熱的な愛を受けとめることになった暁月は、思わず苦笑してしまう。

（でも、今は受けとめるだけだ。莉杏がもっと大きくならないと、返す気にならねぇよ）

いつかは返してやるつもりでいる。でも『いつか』だ。

（現時点では、『あんたの本音は？』っていう問題に模範解答ではない本当の答えを言わせるだけで、おれは満足だね。おれを騙そうなんて、百年早いんだよ）

涙が止まらない莉杏を、暁月はそのままにした。ずっと我慢をさせてしまったから、好きなだけ泣かしてやりたかった。

『皇后誘拐作戦』は、死者を出さずに終わった。莉杏は無事で、茉莉花の指は全部あり、首もしっかり繋がったままだ。

人質になるという大きな出来事を経たことで、莉杏にできることが増えたかといえばそうではない。皆が忙しくしている中で、莉杏は再び数少ないできることをがんばる日々に戻っていた。

「わたくしはいつも通りだけれど、茘枝城に帰ってくる人が増えているから、陛下たちが少し楽になるといいな」

皇后誘拐作戦のあと、弦祥は暁月や茉莉花と話したことで迷いを捨て、暁月に忠誠を誓うという大きな決断をした。

すると、弦祥の部下も全員ついてきて、堯佑軍は要となる部隊を失ってしまった。

ここで堯佑がしっかりしていれば、一部隊がなくなっただけで終われただろう。

しかし、『絶対に裏切らないはずのあの弦祥が裏切った』という事実は、恐ろしいほどの威力があった。

まず弦祥と親しくしていた武官たちが次々に戻ってきた。そのあと、どちらにつくかを迷っていた者が、弦祥がいる暁月側へやっぱり戻ることにしたのだ。この流れにつられた者が茘枝城に戻り始めると、堯佑軍はどんどん減っていってしまった。

さらには、逃げ遅れたくないと思った者が離反し、勝てると思ったから堯佑につくことにした者も慌てて暁月の元へ戻って頭を下げた。その結果、ついには戦う前に皇帝軍の圧勝が決まってしまったのだ。

今の茘枝城は、以前の賑やかさを取り戻しつつある。田舎に帰っていた女官や宮女も戻ってきたので、後宮にも活気が出てきた。

「皇后陛下、かごをおもちしましょうか」

莉杏がいつものように数少なくなってきた茘枝の実を採っていると、通りがかった海成に話しかけられた。

「ありがとう。でも今日はこれだけなので大丈夫です。そろそろ夏が終わりますね」

「もうそんな時期でしたか。……ああ、いいお知らせです。堯佑元皇子が、降伏勧告を受け入れ、こちらにきている最中だそうですよ。内乱は戦わずに終われそうです」

「よかった！　戦えば、傷つく人だけではなく、苦しむ人も増えてしまいます。海成、本当にありがとう」

莉杏は、暁月や茉莉花たちから、今なにをしているのかを教えてもらっている。

しかし、説明された言葉以上の苦労がみんなにあったはずだ。

この内乱は戦わなければ終わらないもので、多くの人が死んでもしかたないと言われていたけれど、残った人が寝る間も惜しんで努力したから、平和的に終結できたのだ。

（いつか皆の苦労がわかる日まで、わたくしは考え続けましょう）

ああよかった、ですませてはいけない。莉杏にも、それぐらいのことならわかる。

「……皇后陛下！　……あの……いえ、それでは失礼します」

海成がなにかを言いかけてやめる。まただ、と莉杏は不思議に思った。

（海成は、わたくしになにか言いたいことがあるけれど、言いにくいみたい。最近の海成は、暗い表情になっていることが多いわ）

抱えているのがつらいなら、吐き出してほしい。今まではそっとしておいたけれど、そろそろ促すときなのかもしれない。

「海成、どうかしましたか？」

にっこりと笑えば、海成は少し視線をさまよわせたあと、いつもの穏やかな微笑みにぱっと切り替える。

「庭の主に、お礼を言いたかったんです」

「庭の主……ですか？」

「はい。前に外で大事な手紙を落としてしまったことがありました。宛名も差出人も書いていない手紙で、気づいたときには雨が降っていたので、手元に戻ってきたとしても読めなくなっていることを覚悟していたんです」

莉杏は『宛名も差出人も書いていない手紙』『雨も降ってきた』に心当たりがあった。

(もしかして、茘枝の木の下に落ちていたあのお手紙って……!?)

海成はよく茘枝の木の下で昼寝をしていた。そこで落としたのだとしたら、納得しかできない。

「その手紙は、親切にも枯れ葉置き場に置いてありました。誰かが、濡れずにすんで、見にきてもらえる可能性が高いところを、わざわざ選んでくれたのでしょう」

どうやらあの手紙は、無事にもち主のところへ戻っていたようだ。莉杏は悩んでよかったと胸をなで下ろす。

「手紙が置かれていた場所が場所なので、きっと親切な庭師がいたんだろうと思いました。それから庭を気にかけるようにしていたら、庭師が一人もいないことに気づいたんです」

茘枝城で働く庭師は、昨日戻ってきたばかりだ。莉杏一人ではどうすることもできなかった庭を、これからは整えてくれるだろう。

「俺の手紙を拾ってくれたのは皇后陛下なのですか、とずっと訊きたかったんです」

莉杏は、海成に感謝をしてほしいわけではない。それに、暁月が勝手に手紙を読んでしまったことを内緒にしておきたかったので、ごまかすことを選んだ。

「茘枝の木の枝に羽を休めにきた朱雀神獣が手紙に気づき、拾ってくださったのですよ」

莉杏はすべてを朱雀伝説に押しつけたあと、さぁどうしようかと考える。

『拾ってくれてありがとう』を言いたいだけなら、海成はそこまで悩まないはずだ。なにかを隠すために、過去の話をもち出してきたのだろう。

「ねぇ、海成。庭師は明日から仕事を始めるそうです。このお庭で二人きりになれるのはきっとこれが最後でしょう」

海成がまた手紙を落としたら、今度は庭師に拾われる。偶然(ぐうぜん)の導きに二度目はない。

「すっきりした方が、お仕事をがんばれるかもしれません」

この先、ずっと一人で抱(かか)えこんでしまうよりも、一緒に考えた方がいいときもある。

弦祥のときもそうだった。弦祥は、暁月や茉莉花、海成と話をすることで、自分を見つめ直せたのだ。

「……俺は」

海成はそこで声を詰まらせる。

莉杏は黙って続きを待った。焦(あせ)らせる気はない。このまま夜になっても朝になっても、ずっと待つつもりだ。

「貴女を知ってしまったんです」

「はい」

「手紙を拾ってくれる優しい方だとか、熱心に茘枝の木の世話をしているいい子だとか、難しい書物もがんばって読んでいる真面目な人だとか、いざとなったら人質になることを決断してしまう勇ましい人でもあるとか……」

海成にとっての莉杏は、『皇后』から『知り合いの女の子』になってしまった。顔見知りになったあとの莉杏は、とても仲よくしてくれた。——……気がついたら、莉杏に情がわいていたのだ。

「知れば知るほど、言葉を交わせば交わすほど、悔やんでしまうんです」

海成は、茉莉花に恩返しをしたいという莉杏の話を聞いたとき、出来心から莉杏にひどいことを言ってしまった。冗談が現実になっていくのを止められなかった。

「今だったら、あんな作戦を提案することはできません。人質になってくれなんて、今の俺には絶対に言えないのに……」

後悔が重くのしかかり、海成の息が苦しくなる。

莉杏に打ち明ければ慰めてもらえるだろう。気にしないでと許されるだろう。

海成は、莉杏に謝りたくなる気持ちを暁月に見抜かれ、動けなくなっていたのだ。

「あら？　それは当たり前のことではありませんか？」

ついに言ってしまったとまた別の後悔をし始めていた海成は、莉杏の明るい声に驚く。

「……は？」

思わず聞き返した海成に、莉杏は首をかしげた。

「だって、わたくしもそうです。陛下のことをお名前だけ存じ上げていたころは、陛下に恋をしていませんでした」

海成にとって、それはたしかに当たり前の話だ。名前だけで恋はできない。

「わたくしは、陛下のお顔を見て、お話をして、一緒に色々なことをして……だから陛下を好きになったのです。共に過ごすことで想いが強くなるのは、当たり前のことです」

莉杏の言葉に、海成は困惑しつつも頷いた。

「陛下のお名前しか知らないときに陛下の悪口を聞いていたら、わたくしはそこまで言わなくても……と思うだけだったでしょう。でも、今は聞いたら悲しくなります。とても悔しいです。海成もそうでしょう？」

「え？　うん？　陛下の悪口……あ～、そうですね。悲しいかもしれません」

海成は「多分、きっと」とうっかりつけ足しそうになったが、なんとか堪えた。

「海成が後悔してしまったのは、普通のことだと思います。みんなそうです。だから次に同じことが起こったときは、後悔しない別の方法を選べばいいのです」

暁月も、莉杏と出逢ったときと今は、莉杏への想いが変わっていると言っていた。

あんたの代わりはどこにもいない、と叫んでくれたときの火傷しそうなほどの情熱が、今日も莉杏の体温を上げてしまう。

暁月とのやりとりを思い出して幸せそうにする莉杏とは違い、海成は胸を押さえて苦しそうな声を上げた。

「……ですが、俺は——……」

海成は、心の中にあるどろりとしたものを、莉杏に優しく取り上げられた気がした。

しかし、それでは駄目だ。小さな女の子に押しつけてもいいものではない。

「なら、わたくしはこう言うべきですね。海成、ありがとう」

莉杏は、「気にしないでね」だと海成が気にしてしまうとわかり、言葉を選び直す。

「ありがとう……？」

海成は、莉杏から礼を言われた意味がわからず、困惑した。

「わたくしは、内乱終結の宣言をする明日を、気持ちよく迎えることができます。どうしてなのかわかりますか？」

「犠牲者がほとんど出なかったから……ですか？」

「はい。その通りです。でも実は、もう一つ理由があるのです。わたくしは内乱終結に貢献できなかったら、明日は嬉しさと同時に、情けなさを味わったはずです」

本来なら、莉杏は内乱に関わることなんてほとんどなかった。みんなが大変なときに、祈ることしかできなかったはずだ。それを変えてくれたのは、海成である。

「海成は、作戦を提案したことに後悔しているのかもしれません。でもわたくしにとっては、後悔するどころか、感謝することなのです。本当にありがとう」

同じものを見ていても、感じるものは変わる。

皇后誘拐作戦が実行されたことで、海成は後悔を、莉杏は感謝を抱くことになった。

「……それは、結果論です。皇后陛下が無事だったから……」

「はい。海成たちががんばった結果です。がんばったのですから、折角の明日を、わたくしは海成と笑顔で迎えたいのです。でも、無理はしないでください。ゆっくり、焦らず、できることに集中して、気をまぎらわせながら歩きましょう」

たとえば、明日はみんなと喜ぶことに集中する。それが終わったら仕事に集中する。

莉杏の提案に、海成は眼を見開いた。

「ゆっくり、焦らず……、できることに集中する」

「人の気持ちはいきなり変わるものではないから、じっくり取り組みなさいとお祖母さまに教わりました。わたくしは陛下に恋してもらうまで、何年も待ちます！」

同情でも、説得でも、激励でも、叱るわけでもない莉杏の優しさに、海成はついに降参した。

「そうですね。ゆっくり、焦らず、できることに集中する。……今の俺にはそれが一番みたいです」

海成の声から少し硬さが取れた気がして、莉杏はほっとする。本人が納得できたのならそれでいい。あとはこちらもゆっくり焦らず待つだけだ。

「……皇后陛下、そういえば俺も手紙を書いたんです」

「えっ⁉　わたくしにですか⁉」

「はい。手紙というか、まぁ、報告書に近いんですけれど」

海成は懐から手紙を出し、莉杏に渡す。それは宛名も差出人もない、直接手渡しをする前提で書かれた、親しい間柄であることを示す手紙だ。

「とても分厚い……！」

「がんばって書きました。喜んでもらえたら嬉しいです」

明らかに十枚以上、いや二十枚ぐらい入っているかもしれない海成の手紙に、莉杏は大喜びする。

「今晩読みますね！」

海成は、胸に手紙を抱えた莉杏へ微笑みながら、腹の底で別のことを考えていた。

（――これは仕返しだよ、皇帝陛下）

今夜、恥ずかしさに悶えればいいと、海成は心の中で舌を出した。

いよいよ内乱の決着がつくという夜、暁月は気分よく皇帝の私室に戻ってきた。

明日は、偉そうな顔で堯佑を迎え、命だけは助けてやるとにやにや笑いながら宣言し、堯佑を牢に入れるという楽しい仕事がある。

そのあと、内乱が終結したことを国民に宣言して一区切りだ。

「やっと改革が始められる。……被害が少なくてよかった」

国を二分する内乱によって、既に疲れきっている民をさらに痛めつけてしまうことは、早くに覚悟していた。けれども、弦祥の引き抜きに成功するという奇跡を起こせた。そのあとも、戦わなくてもいい方法を全員が探し続けてくれたから、笑顔で明日を迎えられるのだ。

（あ、堯佑は笑顔じゃなくて絶望の顔か。まぁ、いいや）

鼻歌をうたいたくなるような気分で扉を開けたが、莉杏の姿は見えない。もう寝台の中にいるのだろう。

しかし、寝室に入れば、寝ていると思っていた莉杏がまだ起きていて、なにやら熱心に手紙を読んでいた。

（あの手紙、分厚いな。報告書か？）

報告書を下手に書くと、無駄に枚数の多い手紙のようなものになる。後宮の女官がやらかしたのかと思いながら莉杏の隣に腰を下ろすと、ようやく莉杏がこちらに気づいた。

「あっ、陛下!?」

「ただいま」

「お帰りなさいませ！　申し訳ありません、わたくし、気づかなくて……！」

いけない、と莉杏が手紙を下ろす。

「別にいいよ。なにそれ、報告書か？」

暁月が手紙に興味をもてば、莉杏は頬を染めた。

「うふふ」

「……なんだよ」

莉杏は、嬉しさを隠しきれないという表情になっている。しかし、なかなか言わない。

いつもなら訊いていなくても「陛下！　あのね！」とうるさいのに。

（なんだぁ？　これが夫婦の刺激になる秘密ってやつか？）

それならそれでいいけれど、と暁月は自分に言い聞かせた。

「陛下、無事に帰ってきたときのご褒美ですけれど、変更してもいいですか？」

「好きにしろよ。なにがいいわけ？」

そういえば、暁月は莉杏にくちづけをねだられていた。普通は宝石とか服を求めるものだ。安あがりなやつ、と笑ってしまう。

「……あ、あのぅ……ご褒美は、くちづけよりもっとすごいものでもいいですか!?」

「いいよ」

なにも考えずに返事をしたあと、暁月は動きを止める。『くちづけよりもすごいもの』が、莉杏の中でどうなっているのかを、想像できなかったのだ。

（おれにとってのすごいものって……いや、ない。絶対にない。そしてこいつも多分そういうものを求めはしない……よな？）

誰かに妙な入れ知恵をされていないだろうな、と暁月は身構える。

おかしな要求をされたら、それはまだ早いとはっきり断ってしまおう。

「わたくしね、……陛下に」

「陛下に？」

暁月は、心臓が妙にどきどきしていることに気づく。嫌な予感しかしない。

「この台詞を読んでほしいのです!!」

莉杏はそう言って分厚すぎる手紙を勢いよく突き出す。

暁月は莉杏の顔と手紙を交互に何回か見たあと、冷たい声を放った。

「……はぁ？」

しかし、莉杏はそんなことで要求をひっこめる女ではない。

うっとりとどこか遠くを見ながら、「きゃ〜！」となぜか喜ぶ。

「なんだこれ。ええっと、『布弦祥、おれはあんたに一騎打ちを申しこむ』……って、あっ⁉　はぁ⁉　これ、どこで手に入れた⁉」

晩月は、手紙に書かれている台詞に心当たりがありすぎて動揺する。

慌てて莉杏を問い詰めれば、莉杏は幸せそうに答えた。

「海成から頂きました。わたくしが陛下と離れていた間、陛下にどのようなことがあったのかを手紙にしてくれたのです！」

晩月も、海成からそのような話をたしかに聞いていた。しかし、ここまで一言一句丁寧に書き記すとは思っていなかったのだ。

「あいつ……！」

晩月が怒りに震えると、そんなことはおかまいなしの莉杏がとある部分を指差す。

「『おれの愛する妻を返せ！』という台詞がもう、もう、絶対に聞きたくて……！」

「なにそれぇ⁉　莉杏を返せって言っただけだけど⁉　っああ！　あいつ、ところどころ書き換えてやがる‼」

晩月が急いで他の台詞を確認したら、莉杏が喜びそうな言い回しにちょこちょこと修正を入れてあった。

「あんの野郎……！」

海成の暗い顔がうっとうしかったので、ちょっと気晴らしにいじめてやったのだが、どうやらそれを恨んでいたらしい。

（あいつ、性格が悪すぎだろう!?　いつか絶対に泣かす！）

暁月が海成への怒りを燃え上がらせていると、莉杏もまた期待というものを燃え上がらせていた。大きくてきらきらしている瞳が、より一層きらきらしている。

「陛下、ここから読んでください！」

「へっ？　あっ……と……」

「感情をこめてくださいね！　あの日と同じように、ここに布将軍がいるつもりで!!」

「それは……」

暁月は、莉杏に褒美をやると約束したのだから、きちんと果たさなければならない。それはわかっているけれど、どうにかならないものかと逃げ道を探してしまう。

（くっそ、海成の野郎！　覚えていろよ!!）

薄暗い路地で金を巻き上げる荒くれ者の台詞を、心の中で叫んでしまった。

五問目

赤奏国の内乱は、皇帝『暁月』が指導力を発揮し、戦わずに終わらせた。

平和を愛する新しい皇帝陛下万歳！　と国民は盛り上がっている。

そんな中、暁月は表に出せない真の英雄へ礼を言いに行くことにした。

「白楼国の皇帝陛下へお礼を言いに……ですか？」

暁月は莉杏に嫌そうな顔をしたまま頷く。

白楼国の皇帝『珀陽』には、武官や文官を派遣してもらったり、物資を援助してもらい、堯佑軍へ潜りこませた間諜に情報を得てもらったり、捕虜の救出をしてもらったりするという、とんでもない貢献をしてもらったのだ。礼を手紙一枚ですませるわけにはいかない。

「では、陛下はまた茘枝城を留守にするのですね」

莉杏はこの城で留守番だ。お任せくださいと言おうとしたとき、暁月はゆっくりくちを開いた。

「……違う。おれが今ここを離れたら政治が止まる。行くわけにはいかない」

「では、お祖父さまとか礼部尚書が？　あっ、海成？」

海成は、内乱終結の功労者として出世し、吏部で二番目に偉い吏部侍郎になった。

一番大変だったときにずっとこの国を支えてくれた海成に行ってもらうのもよさそうだ。

「はぁ？　珀陽相手に吏部侍郎だって？　そんな舐めたことをしたら、あとで痛い目に遭う。おれと同等のやつが行くしかないんだよ」

「同等？」

莉杏が不思議そうに声を上げれば、暁月は舌打ちをした。

「あんただよ」

「わたくし？」

首をかしげた莉杏に、暁月はそうだと頷く。

「皇后のあんたが、白楼国の月長城にいる珀陽のところまで行って、ありがとうって直接言うわけ」

莉杏は暁月の言葉の意味をゆっくり考えた。

（わたくしが白楼国に……行く……？）

馬車に乗って旅をして、隣の国に入る。異国の景色を楽しんだあと、見てみたいと思っていた茉莉花の想い人と話すのだ。

「わたくし、がんばります!!」

すごいことになったと、莉杏は興奮する。

「おれは今から不安しかない……。あんた、あの悪徳高利貸しにうっかり失言したら、どうなるかわかっているだろうねぇ」

「えっ？　ええっと、叱られる……？」

珀陽はとても優しくて気さくな人だ、と茉莉花は教えてくれたけれど、暁月はいつも珀陽のことを悪徳高利貸しだと罵倒している。一体、どちらが本当の姿なのだろうか。

「あんたもおれも死ぬまでしぼり取られて、最後は豚の餌だ。骨は粉々にされてどっかの畑の肥料にされるだろうよ」

「ひぇっ……すごいです！　死んでもしぼり取られています！」

なんて恐ろしいのだと、莉杏は浮かれていた気持ちを引きしめた。

「あんたを白楼国へ向かわせるついでに、白楼国の官吏たちにも戻ってもらう。茉莉花をあんたにつけておくから、失言しそうなときは殴ってもらいな」

「はいっ！　殴ってもらいます！」

「は～……、あんたの初外交がよりにもよって難易度の高すぎる珀陽だなんて」

暁月の嘆きに、莉杏は眼を見開く。

（初外交！　次もあるんだ！）

赤奏国では、皇帝と皇后は一対の羽であり、二人で一つという扱いのため、皇后は皇帝代理人として動くこともできる。

他の国の皇后は、後宮から一歩も出られないような決まりもあるのだが、赤奏国では儀式や行事のときに皇后は皇帝に寄りそわなくてはならないので、後宮は皇后が寝泊まりしている場所という認識でしかない。出入りはかなり自由だ。

（わたくし、これからこういうお仕事も任せてもらえるようになるのね）

きっと、皇后になったばかりのころの莉杏だったら、絶対に行かせてもらえなかった。皇后教育をがんばったから「行ってもいい」と判断されたのだ。

（もしかして、もしかして、……わたくし、ちょっとだけ成長したのかしら）

できることをするという努力の成果が現れたのかもしれない。

「陛下、わたくしがんばります！」

「……余計なことはしなくていいからね。あんたに喋らせる言葉は、礼部に草案つくらせて、海成が最後に確認するから、その通りに発言するんだよ」

「はい！」

皇后としての新しい仕事に、莉杏はどきどきしている。楽しみだけれど、失敗したら、自分も暁月もしぼり取られて死んで、死んでもしぼり取られてしまうのだ。

（絶対に成功させないと！）

莉杏は拳を握って気合を入れた。

数日後、莉杏は馬車に乗って白楼国へ向かっていた。

莉杏と同じ馬車に乗っているのは、茉莉花と碧玲だ。本当は、皇后を乗せる馬車はもっと女性らしく華やかなものなのだが、今の赤奏国は治安がよくないので、女性を乗せていることがわかるような馬車は、襲われやすくなるらしい。

「……本当の意味での平和になったわけではないのですね」

莉杏の呟きに、碧玲が答えた。

「戦争をせずに十年過ごせば、国が安定します。しかし、戦争とは、こちらがしかけなければしなくてもいいものというわけでもありません。敵勢力への牽制になる統率の取れた強い禁軍が平和のために必要だと、私は陛下にそう言われました」

これからずっと、手にした平和の種を守り続け、本当の平和という花を咲かせるまで、みんなで努力しなければならないのだろう。

「いつか女性でも安全に旅ができるような国にしてくださいね」

白楼国からきてくれた茉莉花は、優しく微笑んでくれる。

莉杏はそれに元気よく返事をして、馬車の窓から外を眺めた。

（わたくし、王都を出たことがなかったから、こんな光景を見るのは初めてだわ）

家が一軒もない開けた場所、まばらに家があっても店がない場所、川沿いにぽつんとある家、山の中に隠れてしまっている村、なにからなにまで初めてのものばかりだ。

——旅のついでに、色々な声を聞いてくるといいんじゃない？　あんた、皇后だし。

暁月のおかげで、莉杏は宿へ泊まるたびに、近くに住む人と話す機会を得た。

きてくれた人に今の状況を聞き、どんな支援が必要なのかを尋ね、最後に「陛下に必ずお伝えします」と言い、謝礼金を渡すということをしている。

茉莉花は莉杏の傍について、話を聞くだけではわからないことも教えてくれた。

「皇后陛下とお話をした方々は、もっている服の中で一番いいものを着てきています。つまり、彼らの生活水準は、見た目よりもっと低いんです」

「……わたくしの元の暮らしは、とても裕福だったのですね」

武官の孫娘である莉杏は、祖母に言わせると『慎ましい暮らし』をしていたらしいのだが、それでも平民と比べれば、遥かに裕福な暮らしだったようだ。

「きていただく方々は、わたしたちが選んでいます。皇后陛下に失礼な発言をしないかどうかという判断基準が実はあるのですが……、ある程度の暮らしができていないと、誰かと穏やかに話す余裕がなくなるんです」

茉莉花の言葉から、本当はもっと貧しくて、皇后へもっと訴えるべきことがある人の存在を察することができた。

——橋が壊れたままになっている。あのままでは商人にきてもらえない。

——今すぐ堤防を直してほしい。洪水が発生したら死んでしまう。

——とにかく食べものを。このままでは冬を越せない。

莉杏に訴えることができた人の要望は、すべて違ったけれど、『このままでは死んでしまうから助けてくれ』というものばかりだ。

（みんながほしかった平和の種は、手に入れることができた。でもここからどうしたいのかは、きっとそれぞれ違う）

橋や堤防、道の整備は、州軍や禁軍と民の共同作業だ。

すべてを同時にやることはできないので、優先順位をつけるしかない。

（陛下はどうやって優先順位をつけているのかしら？）

帰ったら暁月に訊いてみよう。きっと当たり前のことだろうけれど、その当たり前がまだ莉杏にはわからなかった。


馬車と馬が山道を走る。この街道は左右の見通しが悪いので、山道に入る前に一泊して、明るいうちに抜けることになった。

（旅をすることは、とても大変なのね）

莉杏は着いたあとのことだけを考えればよかったけれど、一緒に行く武官や文官たちはそうもいかない。

事前に経路を決め、移動中は周囲を警戒し、宿に泊まれば馬の世話をし、どこまで進んだかを確認して明日の道順を考え直す。

「皇后は旅をあまりしない方がいいのかしら」

莉杏が窓の外を見ながらそう呟くと、茉莉花はふふっと笑った。

「頻繁に旅をなさって政をおろそかにされると、臣下が困ります。ですが、ときには民の姿を見て、声を聞くことも大事な仕事だとわたしは思いますよ」

「たしかにその通りです！」

何事も、しすぎては駄目だけれど、まったくしないというのも駄目だ。

旅も同じだ。旅をすることで感じられる様々なものは、卓上で勉強しているだけでは得られないものもある。

「もうすぐ自楼国との国境です。国の境目を越えれば、また雰囲気も……」

茉莉花が赤奏国との違いについて話し始めたとき、こつんという小さな音が聞こえた。

莉杏と茉莉花は特に気にしなかったけれど、碧玲はすぐに動く。

「皇后陛下！　身をかがめて！」

その言葉で、茉莉花が莉杏に覆いかぶさった。

どうしたのかと莉杏が不安になったとき、碧玲は窓の外に向かって叫ぶ。

「今のはなんだ!?」

碧玲の叫びとほとんど同時に、馬に乗っている護衛たちが次々に声を上げた。

「小石です！」

「馬車を止めろ！　右後方からだ！」

「全方向を警戒しろ！　落盤の可能性もある！」

莉杏は飛び交う鋭い声から、なんとなく状況を察する。

（山道、……落盤……！　そういうこともあるんだ……！）

旅は危険と隣り合わせだということを肌で感じる。思わず震えたら、茉莉花が大丈夫ですよと優しく声をかけてくれた。

「色々な可能性があるので、原因がはっきりするまで馬車を止めているだけです。もう少しの辛抱ですから」

茉莉花とは対照的に、碧玲は完全に警戒しているという顔で腰の剣に手をかけている。きっとなにかあれば、馬車から飛び降り、馬車の扉を背にして剣を抜くのだろう。

「……見つけました！　子どもです！」

遠くから、新たな情報が入ってくる。『子ども』という想定外の単語に、皆がざわついた。

「子ども？　いたずらか？」

「いや、まだ罠の可能性もある。警戒を怠るな」

鋭い声のあと、また空気が引きしまる。

莉杏がはらはらしていると、男の子のわめき声が響いてきた。

「離せよ！　おれじゃない！」

「なら手にもっていた小石はなんだというんだ！」

武官の一人が子どもを連れてやってくる。周囲を警戒しにいっていた者たちも続々と戻ってきて、他に誰もいないことや、落盤の様子はなさそうだという報告をしていた。

「子どもが原因だったのですね……」

ただのいたずらのようだと莉杏がほっとしたとき、武官が子どもに怒りをあらわにする。

「自分がなにをしたのかわかっているのか!?　これは大罪だぞ！」

その言葉に一番驚いたのは莉杏だ。もう駄目だよと優しく言って、みんなでよかったと安心して出発するものだと思っていたのだ。

「そんなの知らねぇよ！」

「いい加減にしろ！　親はどこだ!?　親と一緒に州軍へ引き渡して……」

まるで犯罪者のような扱いに、莉杏は眼を円くする。きっとこの男の子は面白がってやっただけだ。こちらは怪我人もいないし、叱って終わればいい。

莉杏は馬車から飛び出し、精いっぱい声を張り上げた。

「おやめなさい！」

飛び降りたときに足がちょっと痛かったけれど、我慢する。

まずは言い争っているはずの武官と男の子を探して、身体の向きを変えた。

男の子は驚いた顔で莉杏を見ている。

「子どものいたずらです。叱って終わりにしましょう」

「ですが、我が国の法では……！」

「犯罪者を処罰することが官吏の役目なら、子どもをよき方向へ導くことは大人の仕事です。この子は犯罪者ではなく、ただの子どもです。大人としての役割を果たしましょう」

莉杏は、十三歳の自分が大人ぶるのもどうかと思ったので、ここで引くことにした。

「あとはお任せします」

そう言ってから男の子に微笑めば、男の子は申し訳なさそうにうつむいた。

莉杏はこれなら問題ないだろうとほっとし、碧玲に手伝ってもらって馬車の中に戻る。

「……寛大なお言葉に感謝するように。もうこんないたずらはするなよ。いいな？」

武官の怒りを押し殺した声に、男の子は小さな声で「わかったよ」と答えた。

莉杏はよかったと笑うと、なぜか碧玲が怒った顔を向けてくる。

「皇后陛下。今のはいけません」

「えっ？　でも……」

「外は狙われやすく、とても危険です。あの少年を助けたいという気持ちは理解できますが、こういうときは私に『大事にするなと伝えに行ってくれ』と命令し、馬車の中に残るべきです」

そんな方法を思いつかなかった莉杏は、反省することにした。

皇后として、自分の身の安全を真っ先に考えなければならないことを、いつもしっかり教えられているのに、うっかりしていた。

「……はい、気をつけます」

「ならいいです。……これもまあ、いい勉強の一つですね」

予定通りに進む旅なんてない。こうやって突発的に発生する予想外の出来事も、莉杏にとっては大切な学びだ。

白楼国に入ってすぐ、莉杏は赤奏国との違いをなんとなく感じた。

きっと気づけないほどの小さな違いの積み重ねが、なんとなくという形で莉杏に知らせているのだ。

「とても広い気がする」

土地が四角い。視界が開けている。

この辺りの地方の特徴なのかと茉莉花に訊くと、そうですねと頷いた。

「諸州は白楼国にとって、大きな穀倉地帯です。穏やかな気候で治安も比較的いいところです。あとは……」

茉莉花も窓から諸州の景色を眺め、眼を細める。

「ここはしばらく戦地になっていないので、土地の改良に集中することができました。平和な期間が長いと、結果がこのような形で現れます」

白楼国の首都にある月長城へ向かう途中、茉莉花は様々なことを教えてくれた。莉杏は、茉莉花との旅をずっと続けていたかったけれど、いよいよ首都に到着してしまう。

「では、こちらへどうぞ。赤の皇后陛下がいらっしゃることは、既に我が国も存じております。――ようこそ、白楼国の月長城へ」

月の光のように輝く白い城、それが月長城の名前の由来だという。

莉杏は茘枝の木の実の色の茘枝城を見て育ったので、白い月長城に驚いた。

「とても綺麗なお城なんですね……！」

「はい。あとでゆっくり見て回りましょう」

その前に、と茉莉花は月長城の奥へ視線を向ける。

莉杏は茉莉花にしっかりと頷いた。

「まずは白の皇帝陛下へのご挨拶ですね。大丈夫です。台詞は全部覚えています」

馬車の中で最終確認もした。いよいよ本番だ。

月長城に入れば、官吏が左右にずらりと並んでいて、膝をついての最高礼で迎えてくれる。莉杏はその光景に圧倒されながら、前だけを見て歩いた。

（きょろきょろしては駄目……と）

事前に教えられた通り、前を行く礼部の文官にゆっくりついていく。貴婦人は速く歩かないものなのだ。

「こちらへどうぞ。皇帝陛下がお待ちです」

大きな扉が開かれ、莉杏はどきどきしながら進む。きっとここが謁見の間だ。

「赤奏国より、赤の皇后陛下がお越しになりました」

宰相と思われる白い髭の老人が、珀陽にそう伝える。

莉杏は頭を下げたまま、珀陽の発言を待った。

「どうぞ、楽にしてくれ。私が白楼国の皇帝だ。長旅、ご苦労だったね」

莉杏は『楽にしてくれ』という言葉が出てきた直後ではなく、珀陽の発言が終わるのを待ってから静かに顔を上げる。

（焦らない、焦らない。次はわたくしの番。……わっ、素敵な人だ！）

皇帝『珀陽』は、白金色に輝く髪と金色の瞳をもつ、とても格好いい青年だった。

莉杏は、珀陽の金色の瞳を見ながらくちを開く。

「赤奏国の皇后、莉杏と申します。白の皇帝陛下、わたくしどもに訪問のご許可をくださり、誠にありがとうございます」

一言一句、用意された台詞をきちんと言えた。声も震えなかった。

「我が国の皇帝陛下に代わり、此度の乱で様々なお力添えを頂けたこと、心より御礼申し上げます。……我が国の皇帝陛下より、御礼状と御礼の品々を預かってまいりました。どうかお納めください」

莉杏がうしろにいる文官を振り返れば、文官は書簡を載せている櫃のふたをうやうやしく掲げもち、一歩前に出た。文官のうしろには、暁月が用意した贈りものを並べてある。

「お心遣い、感謝する。……暁月はいかがお過ごしかな？」

突然、予定にない世間話が入る。

莉杏のうしろにいる文官たちは、莉杏を心配してはらはらした。

「おかげさまをもちまして、大過なく過ごしております。白の皇帝陛下とお話をしたかったと申しておりました」

「それは嬉しいね」

暁月は「珀陽とは二度と会いたくない！」と叫んでいたけれど、ここは嘘をつく場面だと莉杏もわかっていた。

「長旅をしてきた客人に、ここで長話をさせるのも申し訳ない。部屋を用意したから、まずはゆっくり休んでくれ。あとでまた話そう」

「ご配慮頂き、ありがとうございます」

珀陽がちらりと礼部尚書を見れば、礼部尚書が前に出て莉杏に頭を下げる。

「後宮に赤の皇后陛下のための宮をご用意しております。これよりご案内いたします」

最初の挨拶をなんとか終えることができた莉杏は、ほっとした。

案内に従って月長城の奥へ向かうと、大きな扉の前で立ち止まるように言われる。

「ここから先は、女官がご案内致します」

扉の前に立っていたとても美しい二人の女性が、莉杏に頭を下げた。

（ついに白楼国の後宮にきたわ。多くの美姫が白の皇帝陛下の寵愛を競い合い、教養と美しさを磨いている場所……！）

赤奏国の後宮には皇后しかいないけれど、白楼国は違う。物語の後宮がそのまま再現されているところなのだ。

折角の白楼国の後宮だけれど、莉杏は上品に歩こうとすると、左右を見ることができない。人の気配をずっと感じているのに、どんな人がいるのかさっぱりわからないまま、とても立派な部屋に入る。

「ご案内、感謝する。下がってくれ」

碧玲がそう言うと、案内の女官は音もなく部屋を出て行った。

それを見送ったあと、碧玲がほっとしたように息を吐く。

「……ここまでは完璧です」

「本当に!? よかった、嬉しい!」

今夜、莉杏は反省会をしなくてもよさそうだ。ようやく肩から力を抜くことができた。

「夜には歓迎の宴があるそうです。そのときにでも宰相補佐殿……いえ、茉莉花殿に妃の方々を紹介してもらいましょう」

「はい、楽しみです!」

茉莉花は白楼国の文官なので、上司のところへ報告に行ってしまった。また戻ってくると言っていたけれど、友だちもいるだろうし、積もる話もたくさんあるだろう。

「お茶の準備をお願いしてきます。それから荷物の運びこみも。皇后陛下はもう一つ奥の部屋でお待ちください。鍵もしっかりかけるように」

この宮は、入ってすぐのところに客人を待たせておく部屋があり、その奥に客人を迎えるための部屋がある。さらに進めば、くつろぐための私室がある。一番奥が寝室だ。

「失礼いたします。赤の皇后陛下へのお取り次ぎをお願いします」

碧玲が動き出そうとしたとき、宮の入り口から、先ほどの女官に呼ばれる。

碧玲は莉杏に「奥へ」と眼で合図をしてから、用件を聞きに外へ出て行った。

「用件は私が聞く。どうぞ中へ」

「ありがとうございます。徳妃さまが、もしお疲れでなければ赤の皇后陛下とお茶をご一緒したいと申しております。いかがいたしましょうか」

莉杏は、碧玲と女官の会話を、扉に耳をつけてなんとか聞き取った。

（お茶のお誘いだわ！　すごい、後宮っぽい！）

物語なら、茶会の場でねちねち嫌みを言われるだとか、茶に毒を入れられて倒れるだとか、そういう展開が待っているはずだ。

現実は一体どうなるのか、妃同士の茶会が初めての莉杏には、想像もできない。

「失礼します。皇后陛下、徳妃さまからお茶のお誘いがありました」

碧玲は莉杏に返事を聞きにくる。碧玲の顔には『困惑』と書いてあった。

「碧玲は、徳妃さまのことをご存じですか？」

「敬称はつけずに。私は白楼国の妃についてはなにも。……茉莉花殿がいてくれたら、お誘いを受けるべきかどうかを判断できるのですが」

徳妃が心優しい人ならば、莉杏は楽しくお喋りができるだろうし、後宮の話を色々聞かせてもらえる。けれども徳妃が意地悪な人だったら、莉杏の言動を観察して陰口を言われてしまうだろう。

（でも、何事も経験よね）

どうせなら、優しい人にも意地悪な人にも会いたい。

莉杏はそう決めて、椅子から立ち上がった。

「碧玲、ぜひご一緒させてくださいとお返事して」

「よろしいのですか？」

「大丈夫です。わたくし、こう見えてもお祖母さまから後宮内で生き抜くための教えをたくさん受けてきています！」

自信満々の莉杏を見て、碧玲は逆に心配になってしまった。

莉杏が廊下に出れば、美しい衣装を身にまとった女性が待っていた。案内をしてくれた女官の制服とは、華やかさも色も明らかに違うので、きっと徳妃の侍女だろう。

「四阿にご案内します。こちらへどうぞ」

侍女は優雅に微笑み、ゆっくりと歩き出す。

莉杏が黙ってついていくと、開けた場所に四阿があって、そこに美しい女性が立っていた。

「赤の皇后陛下、突然のご招待をお受けくださり、本当にありがとうございます。わたくしのことは徳妃とお呼びください」

「お招きありがとう。歓迎してもらえて嬉しいです」

笑顔で挨拶をしたあと、莉杏は椅子を引いてもらって座る。それから徳妃も椅子に座り、侍女が茶の準備を始めた。

「素敵なお庭ですね。あの木は木犀でしょうか？　もう花芽があるなんて」

「満開になれば、とても美しい光景になります。ぜひまた観にきてくださいませ」

莉杏は庭を褒めることで、周囲をようやく見ることができた。

いつの間にか四阿の周りに、妃とその侍女たちが集まってきている。表情からすると、莉杏を観察中といったところだろうか。

「お茶をどうぞ。水出しの青茶ですわ」

「皇后陛下、まずは毒見を」

碧玲が小さな飲杯を用意しろと、眼で徳妃の侍女に指示を出す。

徳妃は元々毒見用の飲杯を用意していて、すぐに碧玲の要求に応えた。

毒見が終わったあと、莉杏は優雅に見えるように手を動かし、茶をひとくち飲む。

「おいしい……！」

とてもまろやかで甘い味だ。水出しだからすっきりとしていて、飲みやすかった。

「私の実家が取り扱っている自慢のお茶ですわ。喜んでいただけたようでよかったです」

どうやら徳妃は、莉杏を普通に歓迎してくれているいい人のようだ。

莉杏は勧められた菓子も食べることにする。それもまた碧玲に毒見をしてもらい、ようやく蜂蜜とくるみの甘さを堪能することができた。

「赤の皇后陛下から、赤奏国の話をぜひ……と思いましたが、人の眼が気になるようでしたら、中に入りましょうか」

徳妃が集まってきた妃たちを見て、穏やかに微笑む。

「皆さまも、赤の皇后陛下とお話をしたいのです。ですが、お誘いが多くなると赤の皇后陛下が大変でしょうから、こうして皆さまにお裾分けする場を設けてみました」

徳妃は可愛らしく首をかしげたが、つまりは珍獣を見せびらかす場をつくったということである。

珍獣扱いされた莉杏は、興味津々で見つめてくる妃の気持ちが痛いほどわかってしまったので、しばらくここで茶を飲むことにした。

（わたくしだって、異国のお妃さまが後宮にいらっしゃったら、絶対に柱の陰から見てしまうもの）

みんなと仲よくできそうかもしれない、と莉杏はわくわくしてくる。

そのうしろで、碧玲は莉杏を珍獣扱いされたことに苛立っていた。妃程度が……と徳妃をにらみつける。

「皆、歓迎の宴を待ちきれないのです。お客さまがいらっしゃるなんて滅多にないことですから、張りきって準備をしております」

莉杏とは違い、自楼国の妃は後宮から絶対に出てはいけない生活を送っている。彼女たちの変化のない日常が、自分の訪問で少しでも慰められたら嬉しい。

「……あら？」

いつの間にか、周囲がざわついていた。

莉杏だけではなく、徳妃も異変に気づいたようで、なにかあったのかと首をかしげる。

（わたくし、なにか失礼なことをしてしまったのかしら？　……ううん、みんなわたくしの見物よりも優先したいことができたみたい）

四阿を離れたところから見ていた妃とその侍女たちは、興奮した顔で話をしている。そして、妃たちは互いに挨拶をしたあと、競うようにして姿を消した。

「徳妃さま、様子を見てまいります」

「そうして」

徳妃の侍女もなにがあったのかを気にしたのだろう。優雅に、けれども足早に四阿から離れ、まだ残っている人へ話しかける。すぐに侍女は「まあ！」と言わんばかりに、くちもとに手を当てた。

「徳妃さま、大変です！　実は……」

戻ってきた侍女は、徳妃の耳元でなにごとかを囁く。すると徳妃は眼を見開いて、「本当に……？」と信じられない様子で呟いた。

「……赤の皇后陛下、お疲れのところをお誘いした上に、長々と引き留めてしまっては、あまりにも申し訳ないですわ。歓迎の宴でまたゆっくりお話をしてくださいね」

徳妃は莉杏を茶会に誘っておきながら、自分からさっさと切り上げてしまう。

突然すぎる終了宣言に、莉杏と碧玲は顔を見合わせた。

徳妃は挨拶もそこそこに帰ってしまい、莉杏は卓上のものをどうするべきか迷いつつも、手を出さない方がいいだろうと判断して立ち上がる。

「赤の皇后陛下、すみません、遅くなりました……！」

碧玲と宮に帰ろうとしたとき、茉莉花が姿を見せる。早足で駆けよってきて、丁寧に拝礼をした。

「茉莉花殿、ここに集まっていたお妃さま方が、なぜか一斉にいなくなってしまって……」

「それはよかったです。上手くいったみたいですね」

茉莉花がほっとしたように碧玲へ微笑む。どうやらこの事態は、裏で茉莉花が糸を引いていたらしい。

「上の方々や女官長さま、それからお世話になっている方へ色々なご相談をしてまいりました。……今夜の歓迎の宴に、陛下もお顔を出してくださることになりましたので、妃の皆さまは準備のために宮へ戻られたのでしょう」

茉莉花の説明に、碧玲はまだ理解できないという顔をする。

「今から準備をするんですか？」

「はい。今からです」

「まだ宴まで相当な時間があると思うのですが……」

夕方ならともかく、まだあんなに陽が高いのに、と碧玲は空を見た。

「碧玲、お妃さまはそのぐらい準備に時間がかかるものなのです。今からお湯を使って身を清め、肌のお手入れを念入りにして、髪を乾かして椿油でとかして、今夜の宴用の衣装を決めて、宝飾品を決めて、髪型を決めて、衣装を着て髪を結い、万が一に備えてお部屋の掃除も完璧にして、陛下用の品々をあれこれ出すのです！」

知っています！　と莉杏は胸を張る。

「貴婦人の準備は、時間がかかるものなんですね……」

碧玲は呆れつつも納得したらしい。茉莉花はその通りですと頷いた。

「皇帝陛下のご寵愛を競うのが、お妃さまの仕事ですから」

茉莉花の言葉に、莉杏は眼を輝かせる。

「ですよね！　今夜は妃同士の戦いを近くで見られるのですね……！」

誰よりも美しくなるために着飾り、自分のところへきてほしいと珀陽に視線を送り、一度きてもらったら朝まで帰さないぞと腕を絡める。

選ばれなかった妃は、扇の裏でくちびるを噛み、選ばれた妃を呪うのだ。

「さぁ、そうと決まれば赤の皇后陛下も準備を始めましょう。女官長さまへ女官を貸していただけるように頼みました。荷ほどきもしてもらっていますし、今は衣装のしわやほつれの確認もしているはずです」

茉莉花のあまりの手際のよさに、莉杏は拍手をしたくなる。

急いで宮に戻れば、既に女官二人が待ち構えていて、次はこれ、次はこれと、「時間がもうない！」という雰囲気に包まれていた。

宴というものは、陽が落ちてから灯りをつけて始めるものである。

夏に開かれる宴は、遅くに始まって遅くに終わるものなのだが、莉杏が十三歳ということもあって、茉莉花が宴の始まりを早めてくれた。

「今の曲、とても素敵でした……！」

莉杏が頬を赤くして喜べば、茉莉花が宴の楽しみ方を教えてくれる。

「もう一曲、とお願いしても大丈夫ですよ」

「本当ですか!?　こういうときは、たしか褒美を渡すのですよね？」

「はい。お願いしてまいりますね」

莉杏の傍に、元はこの後宮の女官だった茉莉花がずっとついてくれているので、莉杏は「困った」という言葉を一度も使わなくてすんでいた。

「赤の皇后陛下、お初にお目にかかります。わたくしは……」

曲と曲の合間に、妃たちが挨拶にくる。

彼女たちの趣味や特技、どんな性格で誰と仲がいいのか。

茉莉花は、びっくりするぐらいに細かな説明をしてくれたので、莉杏はたった一夜にして白楼国の後宮物語を書けそうなほどの知識を得てしまった。

（本当に素晴らしいわ！　赤奏国の後宮では宴というものをしなかったから、いつも想像するだけだったけれど、後宮の宴とは陛下主催の宴とはまた違うのね……！）

とにかく華やかだ。男が一人もいないため、紅色、黄色、桃色、薄紫色、若草色といった、官服だけでは表せない色彩で視界が埋め尽くされている。

そこに宝石を使った歩揺や首飾り、耳飾りといったものがきらきらと輝き、小鳥のさえずりのような笑い声があちらこちらから聞こえてくるのだ。

（いつかわたくしの後宮でも、こんな宴をするのかな）

そして妃の熱い視線を集める暁月が、莉杏の隣に座る。

（想像するだけで陛下が格好いい〜〜〜！　いつか後宮で宴ができるように、わたくしも国を支えていかないと……！）

これぞ後宮の宴の見本だと、莉杏は眼の前の光景に酔う。

しかし、莉杏とは対照的に、妃やその侍女たちは宴に集中できていないようだ。

（みんなどこかを……、あっ、白の皇帝陛下がいらっしゃるのを待っているのね！）

主役は莉杏で、妃からじろじろと見られて品評される会という名の宴になるはずだったが、妃たちの主役は珀陽に変更ずみである。

今からきっと血にまみれた争いが始まるはずだ、と莉杏がどきどきしていると、女官長が前に進み出て頭を下げた。

「まもなく陛下がいらっしゃいます。皆さま、お迎えの準備をお願いいたします」

途端、音楽とお喋りがぴたっと止まり、空気がぴりっとする。

みんなの期待が膨れ上がり、空気が熱くなっていった。

（ええっと、わたくしはみんなより頭を下げてはいけないけれど、浅くても駄目。このぐらい……かな？）

莉杏が頭を下げすぎると、妃たちは莉杏よりも頭を下げなくてはならないので、大変なことになる。序列に関する決まりはとにかく多く、莉杏は頭で考えながら実行している段階だ。

（それで、声がかかるまでこのまま……）

莉杏よりも一段高いところに珀陽の席がつくってある。そこに足音が近づいてきて、椅子に座ったような音が聞こえたあと、涼しげな声が響いた。

「楽しい宴の最中に邪魔をしてしまって申し訳ないね。女官長、皆に『楽にしてくれ』と」

「御意」

女官長が珀陽の言葉を繰り返す。莉杏はようやく顔を上げることができた。

すると、珀陽が莉杏を見て微笑んでいる。勿論莉杏も微笑み返した。

「楽しんでもらえているかな？」

「はい、とても楽しいです」

「それはなにより。暁月の皇后がとても可愛らしい人だから、昼間は驚いたよ。可愛い皇后から引き離されている暁月は、きっと頭の中で私を何度も殺しているだろうね」

物騒なことを言い出した珀陽に、普通の人ならぎょっとするだろう。

しかし莉杏は、暁月の物騒な発言に慣れていたので、ちっとも気にならなかった。むしろ気になったのは……。

「わたくしの陛下は、白の皇帝陛下のことを頭の中で五十回は……いえ、五十一回は確実に殺めてしまっているそうです。もっと自信をもっていただいても大丈夫です！」

莉杏が数に修正を入れると、珀陽は噴き出した。

「っ、あはは！　いやぁ、それは光栄だな」

なぜ珀陽が楽しそうに笑うのか、莉杏はよくわからなかったので、首をかしげる。

珀陽はすまないねと言い、笑いの発作をなんとか抑えようとしていた。

「なるほど。こんなに可愛らしくて楽しい奥方がいる暁月は、幸せ者だ」

「……本当ですか!?」

「うん。ああ、暁月の手紙を読んだよ。暁月の感謝の気持ちが伝わってくる素敵な手紙だった。私もあとで暁月に返事を書くから、もち帰ってもらってもいいかな？」

「はい、お任せください」

皇帝の親書を預かるという仕事を任され、莉杏は嬉しくなる。またしっかりやり遂げるぞと気合を入れた。

「赤の皇后、滞在中になにか困ったことがあれば、遠慮なく茉莉花に言ってくれ」

「ありがとうございます。茉莉花は、いつもわたくしを助けてくれるとても優しい人です」

莉杏の褒め言葉を聞いた珀陽は、くちの端を上げる。

その笑い方が、ほんの少し暁月に似ている気がして、どきっとしてしまった。

「私の官吏を褒められると嬉しいけれど、妬いてしまいそうだ」

「あっ、そうでした。茉莉花は白楼国の文官ですものね」

「いや、謝らなくて大丈夫だよ。私は帰ってきた茉莉花とまだお喋りをしていないんだ。赤の皇后がうらやましくなったらしい」

珀陽がさらりと重大な発言をしたので、莉杏は大きな瞳をさらに大きくしてしまった。

（これは脈ありです！　茉莉花が押せば絶対にいけます！）

莉杏の身体の中にある恋愛の予感が、間違いないと叫んでいる。

「茉莉花をここに呼んで、三人でお話をしませんか？」

それならばと莉杏は提案したが、珀陽に断られた。

「私は皇帝だから、みんなの前で茉莉花に話しかけると、茉莉花があとで迷惑してしまう」

皇帝に特別扱いをされた妃や女官は、いじめに遭ってしまうことを、莉杏は物語から学んでいる。珀陽が茉莉花と話をしたいのなら、こっそりしなければならないのだ。

（うわぁ、禁断の恋です！　まだ未満かもしれませんけれど！）

どきどきしていると、珀陽が軽く指を曲げて莉杏に「おいで」と示す。莉杏が椅子から身を乗り出せば、耳元で囁かれた。

「茉莉花に伝言をお願いしてもいいかな。『お帰り』って」

珀陽からとても個人的なお願いをされた莉杏は、一生懸命頷く。

「忘れずにお伝えしておきますね！」

「ありがとう。お礼に……そうだな、笛の音でも」

莉杏はわあっと声を上げてしまう。茉莉花から、珀陽の横笛の音色はとても素晴らしいのだと聞いていた。まさか聴けることになるなんてと喜ぶ。

（茉莉花は、ときどきしか聴けないと言っていた。……あっ、これがおもてなしなのね）

眼の前にあるもの――……夏の終わりを楽しめる場所、その飾り、席の配置、料理や飲みもの、そして音楽や踊りに、楽しいお喋りに、珀陽の笛の音。これらはすべて莉杏のために用意されたものだ。

（わたくし、赤奏国の後宮の宴を知らない。だから、いつかやりましょうとなっても、女官任せになってしまう。そうならないように、この宴をしっかり見ておかないと）

書き記されたものを読むだけでは得られない体験が、ここにあった。

素晴らしい宴を楽しんだ翌日、莉杏は妃たちからの誘いをたくさんもらった。

あまりにも多いので、誘われるたびに茉莉花がそっと一覧にしていく。

「お客さまがいらっしゃったとき、みんな競うようにお誘いするものなのでしょうか」

もう少し相手の都合を考えて、あらかじめ相談しておくものでは？　と莉杏は朝から首をかしげてしまった。

「……昨夜、皇帝陛下が赤の皇后陛下と親しくお話をしていらっしゃって、なにより横笛の音を赤の皇后陛下のためにと自らおっしゃったので……」

茉莉花はさてどう説明しようかと、困った顔をする。

しかし、莉杏はすぐにわかったと眼を輝かせた。

「わたくしと仲よくして、素敵な妃でしたと白の皇帝陛下に言ってほしいのですね⁉」

「はい。その通りです」

昨日は珍獣扱いをされていたが、今日はきちんと人間扱いをされているらしい。莉杏は成長を感じられて嬉しくなる。

「ほとんどのお妃さまは、赤の皇后陛下と親しくなりたいだけなのですが……、中にはもしかしたら、嫉妬をしている方もいらっしゃるかもしれません」

「嫉妬ですか？　わたくしに？」

莉杏だけではなく、碧玲もなぜだという顔になる。

茉莉花は申し訳ないですと言って頭を下げた。

「皇帝陛下は、後宮の宴に必要最低限しか顔を出さないのです。昨日は久しぶりのご参加で、皆さまは皇帝陛下と言葉を交わす好機だと張りきっていました」

ずっと莉杏の傍で警護をしていた碧玲は、さすがに茉莉花の言葉の続きがわかった。

「白の皇帝陛下は、皇后陛下とお話をしてから笛を吹き、そのあとすぐに帰られた。白の皇帝陛下を皇后陛下が独り占めしたという的外れな嫉妬をしている妃がいるんですね？」

「……はい、いると思います。その方々のお誘いは断りますね」

ご安心を、と茉莉花は誘いの一覧の紙に印をつけていく。

莉杏は少し考え、誘いを受ける方針を決めた。

「茉莉花、わたくしに嫉妬してしまった妃のお誘いを受けましょう」

茉莉花と碧玲が、莉杏の決断に驚く。

莉杏は、大丈夫ですと笑った。

「わたくしに優しい方とお話をするだけでは、得られるものが限られてしまいます。折角白楼国の後宮にきたのですから、これもいい経験になるはずです」

茉莉花は、莉杏の要望を聞き入れていいのかわからず、助けを求めるように碧玲へ視線を送る。しかし、その碧玲は諦めたようにため息をついてしまった。

「ごきげんよう。今日はお誘いありがとう」

莉杏は朝からこの挨拶を何度もくちにしていた。

妃の宮を訪れれば、表向きは歓迎され、ちくちくと突き刺してくるような会話をまずは楽しむことになる。そのあと、莉杏は必ずこう尋ねた。

「得意なものはありますか？　まぁ、わたくしは習い始めたばかりなのです。よろしければ、わたくしのお相手をしてくれませんか？」

妃たちの得意なものは、楽器の演奏だったり、詩だったり、書道だったり、象棋だったりで、莉杏は挑んでは負けるということを繰り返した。

「赤の皇后陛下、お妃さまの得意分野で挑んでしまっては……」

楽しく遊びたいのなら、莉杏の得意なもので遊ぶべきだ。

負けてばかりでもいいのだろうかと茉莉花が不安になっている横で、碧玲はずっといらいらしていた。

「皇后陛下は、教養がないわけではなく、努力が足りないわけでもありません」

静かな怒りを向けられた茉莉花は、そうですよねと頷く。

「立派な皇后を目指し、とても真面目に勉強をなさっています。ですが、内乱が発生したあと、教師がいなくなってしまい……！」

「ええ、ええ、わかっております」

まぁまぁ、と茉莉花は碧玲をなだめる。

莉杏はその間にも勝負にまた負けていて、相手をした妃は侍女となにかをひそひそと話していた。よくやった、というような言葉ではないことぐらい、誰にでもわかる。

「そろそろ宮に帰って休みましょうか」

今日の莉杏の残りの予定は、徳妃と夕食を共にすることだけだ。

その前に髪を直したり、衣装の確認もしておかなければならない。

「……あ！　夕食会の前に、もう一つ予定が入るかもしれません。昨夜、白の皇帝陛下から……」

莉杏が『どうなるかわからない予定』の話をしようとしたとき、その本人が現れる。

「遅くなってすまないね」

涼しげな男の声に茉莉花と碧玲は驚き、慌てて膝をついた。後宮に入れる男は、皇帝しかいない。

「ああ、楽にしていいよ。後宮に行ける余裕ができるかどうかわからなくて、女官長に行くよと伝えていなかったから、大事にしたくないんだ」

珀陽は茉莉花と碧玲を困らせたあと、莉杏に手紙を渡す。

「正式な書簡はまたあとで渡す。これは暁月への個人的な手紙だから、こっそり頼むよ」

「はい、こっそりですね！」

昨夜、莉杏は珀陽から「もしかしたら手紙を渡しに行くかもしれない」という話を聞いていた。個人的な手紙だから、直接手渡ししたいとも言われたのだ。

「後宮内はどうだった？　退屈だったら申し訳ないな」

珀陽に尋ねられ、莉杏は笑顔で首を横に振る。

「今日は皆さまに遊びのお相手をしてもらったので、とても楽しかったです。でも、わたくしは全部負けてしまいました」

「それは残念だったね」

珀陽は『誰か一人ぐらいは手加減をしてやればいいのに』とこっそり妃に呆れた。その辺りの話はあとで茉莉花から詳しく聞くことにして、とりあえず皇帝として莉杏をもてなすことにする。

「なら私と遊ぼう。赤の皇后が得意なものでかまわないよ」

「いいのですか!?」

珀陽の提案に、莉杏は大喜びする。

「わたくし、かくれんぼがしたいです！」

莉杏が言いきったあと、碧玲は息を呑んだ。すぐに自分の拳を見たが、もう遅い。殴ってでも莉杏の失言を止めろと暁月から命じられていたのに、止められなかった。

「わたくし、女官たちとよく後宮でかくれんぼをしているのです。ときどきですけれど、陛下も鬼になってくれて、いつもわたくしをすぐに見つけてくださるのです」

莉杏は、赤奏国での過ごし方と、そして暁月にとって絶対に珀陽へ知らせてほしくなかったことをくちにする。

「へぇ、暁月もかくれんぼをするんだ」

「はい！　とってもお上手ですよ」

「なら負けるわけにはいかないな」

いいね、やろうか、と珀陽はにこにこと笑う。

盛り上がる莉杏と珀陽の横で、本当にいいのかと、茉莉花と碧玲は顔を見合わせた。

「妃の皆さんも一緒に遊ぶのはどうですか？　みんなで遊んだ方が楽しいですよ。あと碧玲と茉莉花も一緒がいいです！　白の皇帝陛下が鬼で、一番最後まで見つからなかった人の勝ちです。わたくし、とても自信があります！」

莉杏は胸を張り、勝ちを確信していることを示す。

挑まれた珀陽は、楽しそうにしていた。

「なら勝った人には褒美をあげよう。……茉莉花、みんなを呼んでおいで」

この場合の『みんな』は妃たちだ。茉莉花は頭を下げたあと、女官長の元へ向かう。

茉莉花が女官長に事情を説明し、女官が手分けして妃を呼びに行き、そして身なりが整わないまま呼ばれてしまった妃たちが不安そうな顔で集まってきた。

「今からかくれんぼをしよう」

隠れてもいい場所は、人が住んでいないところで、誰でも自由に出入りできるところ。

そして女官や宮女の仕事場以外のところだ。

範囲を決めたあと、珀陽は数を数え始める。

百を数える前に隠れ場所を見つけなければならないので、莉杏は茉莉花の手を引いてすぐに走り出した。

「赤の皇后陛下!?」

茉莉花の呼びかけに、莉杏は振り返る。

「茉莉花に隠れるところまでを手伝ってほしいのです。わたくし、入っては駄目な場所を見分けられませんから」

碧玲は、なにかあったら動けなくなるという理由で、かくれんぼに参加していない。

茉莉花は、莉杏の近くで念のための警護をこっそりするつもりだったのだが、警護対象の莉杏が近くにいてもいいと自ら言い出してくれたので、ほっとした。

「わたくし、かくれんぼだけは負けられません！　でも茉莉花が勝ちたいのなら、わたくしはお世話になっている茉莉花に協力します！」

茉莉花に勝利を譲(ゆず)りたいのだと莉杏が言えば、茉莉花は首を横に振った。

「いえ、わたしは陛下のご褒美を頂くわけにはいきません」

「やっぱり、白の皇帝陛下の『特別』は困ってしまいますか？」

「……そうですね。困ってしまいます」

身分の差というものは、こういうときに素直(すなお)になれなくなってしまう。

莉杏の胸が苦しくなってしまった。

「わたしはどうしても陛下のご褒美を頂くわけにはいかないので、赤の皇后陛下に頂いてほしいです。それが一番嬉しいですよ」

「本当に……？」

「はい。赤の皇后陛下はわたしのお友だちですから」

『お友だち』という言葉に、莉杏はそわそわしてしまう。ならば、友だちの期待に応え、絶対に勝ち残らなければならない。

「二人で協力できたら、絶対に勝てます！　茉莉花、わたくしの希望通りの隠れ場所がどこにあるのかを教えてください」

莉杏は周りを見て、妃たちに意識されていないことを確認し、茉莉花の耳元に隠れ場所の条件を囁く。

茉莉花はすぐに頷き、莉杏の手を握って走り出した。


誰かの足音が聞こえてきた。莉杏はどきどきしながら、通りすぎるのを待つ。

（どうか見つかりませんように……！）

莉杏と茉莉花が選んだ隠れ場所は、薪を積んだ薪小屋がある辺りだ。

小屋の中は鍵がないと入れないけれど、外には庭掃除の道具や大きな水瓶が置いてあり、とてもごちゃごちゃしている。

「……薪小屋か。鍵がかかっているから、中にはいないはず」

珀陽の声が聞こえてきたので、莉杏は息を殺す。心臓の音が珀陽に聞こえているのではないかと勘違いしそうになるほど、緊張してきた。

（大丈夫、ここなら見逃してしまうはず……！）

動かないでいると、がたんという音が聞こえた。

「見ーつけた」

鬼である珀陽の楽しそうな声のあと、「きゃっ」という茉莉花の驚く声が莉杏の耳に入ってくる。

「二人まとめて隠れているかと思ったけれど、茉莉花一人なんだね」

「一緒にいると見つかりやすくなりますから」

珀陽が茉莉花と話し始めたので、莉杏はほっとした。茉莉花の隠れ場所は、薪小屋に立てかけてある薄くて大きな木の板の裏側である。

「……それで、あの、陛下、離れていただけませんか？」

茉莉花が恥ずかしそうに呟く。

なにかあったのだろうかと莉杏は耳を澄ませたのだが、姿が見えないので、声からすべてを想像するしかない。

「そうだね。感動の再会は次の機会にしよう」

莉杏は、茉莉花と珀陽の会話から、二人がどういう状態なのかを察した。

（こ、これは、恋人同士の『見～つけた』だわ！）

うしろから抱きつかれ、耳元で囁かれ、茉莉花は恥じらっているのだ。

単純に距離が近いだけという可能性もあるけれど、そちらだとちっとも面白くないので、莉杏は楽しい妄想を優先させる。

「確認したいんだけれど、赤の皇后と遊んだ妃は誰だった？」

珀陽の声が、一気に仕事用に戻った。

莉杏はもう少しいちゃいちゃしてもよかったのに……とがっかりする。

そして聞いてしまってもいいのだろうかと、思わず左右を確認した。

おろおろしている間に、茉莉花は妃の名を挙げていく。

「遊びに負けてばかり、か。もしかして、……うん、これは向こうが一枚上手だったな」

珀陽は一人で納得したあと、茉莉花に「またあとで」と言って立ち去る。

鬼に見つかった茉莉花は、集合場所へ向かって行った。

莉杏は二人ともいなくなってから、そっと移動を開始する。

「白の皇帝陛下の確認が甘くて助かったわ」

薪小屋の傍にある大きな木に登り、枝に座ってじっとしていた莉杏は、慎重に手足を動

かして木から降りた。そして急いで『茉莉花が隠れていた場所』に隠れ直す。

(大成功！　これでしばらくは大丈夫！)

誰かが隠れていた場所をもう一度見にくる気には、なかなかならないはずだ。

「これはまいったな。赤の皇后の作戦勝ちだ」

珀陽が「降参しました」と言いにきたのは、しばらく経ってからである。

大きな木の板の裏側に座っていた莉杏は、珀陽の手を借りてそこから出た。

「わたくし、最後でしたか？」

「その通り。おめでとう。茉莉花に隠れ場所を聞いてしまったよ」

最後の一人が決まれば、このかくれんぼはおしまいだ。

珀陽は最後まで自分の力だけで捜したかったが、夕方になってしまったので諦めた。

「さぁ、みんなのところに戻ろう」

珀陽は、莉杏と手を繋いでくれる。珀陽の手は、暁月や登朗と同じように手のひらがとても硬かった。それは鍛えている武人の手だからということを、莉杏は知っている。

「戻るまでに少し長めの独り言を呟くけれど、気にしないでもらえるかな？」

「はい」

莉杏が快く頷けば、珀陽はよかったと笑った。

「昨夜、私は茉莉花に頼まれて歓迎の宴に顔を出した。赤の皇后が皇帝の大事な客人だと見せておけば、後宮内で過ごしやすくなるから、とね」

「お気遣い、ありがとうございます」

「困ったな。これは独り言なのに」

ふふっと珀陽が笑う。つい反応してしまった莉杏は、笑いながら謝った。

「赤の皇后と話をして、笛の音を聞かせて、役目は果たしたぞと私はすぐに帰った。けれども、そのせいで妃たちは不満を抱いてしまった」

「白の皇帝陛下の笛の音を聴けて満足なさっていたと、わたくしは思います」

「おっと、これは独り言だからね。赤の皇后は妃の不満の声を聞き、どうにかしようと考え、とある計画を立てた。まず、妃との遊びに負け続けた。あとで皇帝に遊びに負け続けてしまったと訴え、私の同情を買うことができれば、遊ぼうと言い出してもらえるのではないかと予測したからだ。そしてその予測は見事に当たった」

珀陽は最初、莉杏へ意地悪なことをした妃に呆れた。手加減をしながらて遊んでやればいいのにと思ったが、実は莉杏が手加減をしていたのだ。

「かくれんぼは、十三歳にしては子どもっぽい遊びだね。さて、ここで問題だ。赤の皇后はどうして『かくれんぼ』を選んだのだろうか」

珀陽は問題を出す。そして、それを解くのも珀陽だ。

「赤の皇后の目的は、遊ぶことではない。かくれんぼの鬼を私にして、妃を巻きこむことで、皇帝と二人きりで話せる機会を妃全員に与えたかった。これが答えだろうね」

珀陽は、かくれんぼなんて子どものとき以来だという妃たちを次々に見つけていった。皇帝に声をかけられた彼女たちは、とても嬉しそうだった。

段々と珀陽の心の中に違和感が増えていき、茉莉花に確認を取ったときにようやくかくれんぼの目的が妃の不満解消だと確信したのだ。

「白の皇帝陛下がおっしゃられていることは、わたくしには難しくてよくわかりません」

莉杏は「はい、そうです」と言う気はない。ほしかったものはきちんと別にある。

「わたくしはただ、白の皇帝陛下と遊びたかったのです」

莉杏の言葉を、珀陽が信じたかどうかはわからない。

「私は貴女に随分と気を遣わせてしまったようだ」

皇帝である珀陽は、妃の小さな嫉妬や不満なんて無視してもいい。妃の仕事は珀陽を癒やして支えることだ。珀陽の足をひっぱることではない。

けれども皇后の莉杏は、妃の小さな嫉妬や不満を無視するわけにはいかない。

「わたくしに言えることはこれだけですけれど……」

皇帝と皇后の役割は違う。きっとそれはどこの国も同じだろうと莉杏は思っている。

「皇后は後宮の最高責任者なのです。妃たちの不満を聞き、その不満に対応することは、皇后の務めです」

赤奏国の皇后は、他の国の皇后と比べると、できることも求められることも、とにかく多い。だから莉杏は、妃としての教育以外にも、後宮の最高責任者としての教育と、政を支える一員としての教育を受けているのだ。

「――わたくしは、皇后ですから」

莉杏の言葉の重みに、珀陽は気づいた。

十三歳の女の子が、自分と同じところに立っている。

「赤の皇后を妻に迎えることができた暁月は、本当に幸せ者だね」

珀陽は昨日言った台詞と似たような台詞を、別の想いをこめて呟く。

莉杏もまた同じように「嬉しい」と喜んだ。

「さて、勝者へのご褒美はどうしようか？」

莉杏はもう褒美の内容を決めている。あとはそれを珀陽に受け入れてもらえるかどうかだ。

「わたくし、白の皇帝陛下に教えてほしいことがあるのです」

く微笑んだ。

予想外の質問を莉杏からぶつけられ、珀陽は珍しく眼を見開く。そしてそのあと、優し

「わたくし、白の皇帝陛下が……」

莉杏は国家機密かもしれないと不安になりながら、おそるおそるくちを開いた。

溺愛といいつつ、珀陽はしっかり条件をつける。

「本当ですか!?」

「娘を溺愛する父親の気持ちがわかるなぁ。国家機密以外だったらいいよ」

莉杏が上目遣いで珀陽を見れば、珀陽がう～んと嬉しそうに笑った。

皇后『莉杏』の白楼国への行啓は無事に終わった。あとは茘枝城に帰るだけだ。

莉杏は、珀陽からたくさん土産をもらった。茉莉花にはみんなで考えたお礼の品を渡せた。他にも得るものばかりで、充実した旅だった。

特に珀陽から褒美としてもらった二人きりの勉強会で得たものは、この先、何度も莉杏を助けてくれるだろう。

——わたくし、白の皇帝陛下がどうやって民の声を聞いて、どうやって物事の優先順位

をつけているのか、どうしても知りたいのです。

　珀陽は莉杏の質問に、ゆっくり話そうと言って、あとで時間をつくってくれた。わざわざ宮にきてくれて、書物や書簡を広げて、ひとつひとつ丁寧に教えてくれたのだ。


「皇帝が民の声を直接聞いたとしても、一日に百人ぐらいが限界かなぁ。他の仕事もあって、そればかりはできないからね。でも実際の国民の数は、百人どころではない」

　民の声を聞くための制度には、様々なものがある。

　制度によって利点と欠点があることや、国の規模によって適切な制度が変わること、他にもたくさんの話をしてくれた。

「私は今のところ、民の声を『繋がり』によって伝えてもらっている。信頼できる官吏や州牧が、その周囲の官吏や州牧の部下が、その家族が、その友だちが……という繋がりをたどっていくんだ。そして信頼できる官吏や州牧が、民の意見をまとめ、私に報告する。こうするとすべての民の声を私の元へ集めることができる」

　どこの国でも行われている一般的な方法だ、と珀陽は言った。

「でも、お知り合いがあまりいない方や、遠方に住んでいる方は、なかなか意見を拾ってもらえないですよね？」

莉杏の頭の中に、川辺にぽつんとあった家、山の中に隠れているような村が思い浮かんでいた。彼らの要望は、きちんと皇帝まで伝わるのだろうか。

「その不安は私にもある。どの声も拾えるよう、私は信頼できる人に視察を任せたりもする。あと、州によっては投書も受けつけている。無記名の投書を受けつけると、いたずらも嫌がらせも含まれてしまうし、投書した本人は正しいと思って希望したことでも、実は他の人の生活を脅かすようなものだったりもするから、とりあえず読んでおくという程度の対応しかできていないだろうけれどね」

州という単位で、やり方が違う。そして皇帝も独自に民の声を拾っている。

きっとこれは赤奏国も同じだ。

「民の声を集めたあと、私の場合は『急いでやらなければならないもの』と『効果がとても高いもの』を選び、優先順位を高くする。最初にやらなければならないことを決めたら、『一緒にやっておくと効果が高くなるもの』『このときにやっておくと効率がいいもの』の優先順位も上げる」

具体例を挙げて、珀陽は莉杏にもわかるようにしてくれた。

川の氾濫を防ぐための治水工事をするなら、工事現場に向かう道の整備も必要となる。それぞれ違う人からの要望でも、どこかで繋がっていることもあるのだ。

「本当はね、困っている民がいたら、それはもうすべてを最優先すべきだ。けれども対応できる人間の数は限られているし、時間も限られている」

珀陽の言葉の意味を、莉杏は理解できた。茘枝城に人が戻ってきたら暁月が少し楽になると思っていたけれど、みんなが戻ってきても暁月は忙しそうだ。どれだけがんばっても、限界はある。

「多くの要望を同時に叶えられるように、官吏の能力を伸ばしてやることも私の仕事だ」

珀陽は『しかたない』で終わらせたくないのだと語る。

こんなに大きくて立派な国を見事に導き、名君と呼ばれていても、珀陽はまだやれることがあるはずだと努力を続けている。

「これは官吏を今の二倍働けるようにするという意味ではない。ほんの少しずつみんなの手際がよくなれば、全体としては二倍働いたことになる。でもそのほんの少しずつは、その人が成長できる場を用意しておくとか、仕事に集中できるような環境にしておくとか、人間関係に配慮するとか、私にしかできないこともたくさんあるはずなんだ」

珀陽は、莉杏の利き手とは逆の位置に筆と硯を置いた。

「筆を取って、なにか文字を書いてみて」

莉杏は左手で筆を取り、右手に持ち替える。そして筆に墨をつけようとして、袖に気をつけなければと手を添え、もたもたと字を書いた。

「次は利き手側に硯を置いてみようか」

硯の位置を変えると、莉杏はすっと筆を取れ、滑らかな手つきで筆に墨をつけることができた。

「『硯を利き手側に移動させるべきだ』と提案することが私の仕事だ。たったそれだけで、文字を書くということが楽になる」

「……すごくよくわかりました！」

提案したあとは官吏の仕事だよ、と珀陽はにこにこする。

「きっと赤の皇后は、多くの人の声に耳を傾け、それを皇帝へ伝えることができるようになるだろう。この白楼国への行啓は、赤の皇后を成長させるために用意された場だ。そして貴女は見事に応えている。胸を張って帰るといい」

莉杏は帰りの馬車の中で、珀陽との勉強会の内容を何度も思い出す。

（大切なお話、たくさん聞けたなぁ）

小さな国である後宮の運営を、これからの莉杏はしていくことになる。

――そして、もう一つ。

暁月の臣下として、民の声を聞けるような皇后にもなりたい。

（今のわたくしにもできることはないかしら。小さなものでもいいの。ううん、まだ小さ

なことしかできないわ）

きっとなにかあるはずだと悩み続けていたら、あっという間に赤奏国と白楼国の国境を越えてしまった。今日は見通しの悪い山道を一気に抜ける予定なので、碧玲たちは山の天気だとか盗賊だとかを心配し、朝からぴりぴりしている。

（ここは、たしか男の子に小石を投げられた場所だったわね）

あれだけ大勢の人に囲まれて怖い顔で叱られたら、あの子は二度としないだろう。

莉杏はそれでも一応……と窓から外を見ようとしたとき、がたんという音を立てて馬車が止まった。

「止まれ！　人影だ！　……って、あ！」

馬車を取り囲む護衛の武官は、大きな声で号令をかけたあと、なぜか驚く。

「またお前か！　こら、待て！」

呆れたような声に、莉杏は不安になった。

「碧玲、なにがあったのか聞いて」

こういうとき、外に出てはいけないし、窓から覗いてもいけないと教えられている。

莉杏に頼まれた碧玲は、わかりましたと言って窓から声をかけた。

「なにがあった？」

「先日の……小石を投げた子どもです。また近くにいたので捕まえに……」

説明をさえぎるように、男の子の声が聞こえてくる。「違うって！」という叫び声と「服の中に石が入っているぞ！」という叱る声が聞こえてきた。

「碧玲、外に出てもいいかしら？　これはわたくしの判断が甘かったせいですから……」

「……安全を確認してからにしてください」

碧玲は、あの子どもをもっと叱っておくべきだったと呟き、ため息をつく。

周囲を確認し終えたという報告が入ってから、まず碧玲が馬車を降り、莉杏が降りるのを手伝ってくれた。

「石をもっていると聞いたけれど、投げるつもりだったの？」

いい加減にしろと怒られている男の子に、莉杏は話しかける。

男の子は莉杏の姿を見てはっとしたあと、渋々という表情でくちを開いた。

「……違う。たまたま、あんたたちがまた通りがかっただけで」

「なら、違う人に石を投げようとしていたの？」

莉杏が首をかしげれば、男の子は言葉に詰まった。

「おれは……この間、あんたに、投げるつもりじゃなかったんだ」

たしかにこの男の子は、莉杏の姿を見たときに驚いていた。

莉杏は、今の言葉を信じることができる。

「この間は、間違えて投げてしまったの？」

「そうだよ。おれが本当に投げたかったのは、……」

男の子は莉杏の顔をじろじろ見たあと、「絶対に違う」という謎の発言をした。

「ここをもうじき通るって噂のあった、皇后の馬車にだよ」

だからあんたじゃない、と男の子は言いきる。

莉杏たちは驚き、どういうことだとざわめいた。

「おい、この方はっ……」

「待って！」

莉杏は叫ぼうとした武官の声をさえぎり、みんなに見えるように、人差し指をくちもとへ当てる。「黙っていて」というわかりやすい合図を送られた武官たちは、戸惑いつつも莉杏の命令に従った。

「どうして皇后の馬車ではないとわかったの？」

「あんたを見ればわかるだろ。知らないのか？　今の新しい皇后はとんでもない美人だっていう歌詞の歌があるって、街で働いている人が言ってた」

「…………」

莉杏は衝撃のあまり、声が出せなくなる。

自分はたしかにこの国の皇后なのに、男の子の中では『莉杏は美人ではないので、皇后ではない』という結論が出てしまっていた。

「ええっと、皇后さまになにかひどいことでもされたの？」

「皇后っていうか、偉い人たちにだよ。向こうにあるおれたちしか使わない道が、半年前に長雨で崩れた。三人が巻きこまれた。おれたちだけじゃ大きな岩をどかすことができなかったから、州や国に助けてって何度も頼んだ。でも助けにきてくれなかった」

男の子は、あのときの怒りと絶望を思い出したのか、身体を震わせた。

「おれは怒っていることを伝えたいだけだ！　なにが名君だ！　なにが美人の皇后だ！　助けてくれなかったくせに!!」

男の子の憎しみを、莉杏は真正面から浴びる。

今まで、「がんばりましたね」と優しく言ってくれる大人たちに囲まれていたので、こんな感情を向けられたのは初めてだった。

（優先順位をつけると、こうやって後回しにされてしまう人がいる。後回しにされてしまった人たちの怒りは、わたくしの責任になる）

上に立つ者には覚悟が必要だ。そして責任のとり方も考えなければならない。

「……あのなぁ、半年前なら先代の皇帝陛下の話だぞ」

武官が我慢できないと訂正したが、莉杏はそれを止める。

「同じです。今の皇帝陛下は、先代の皇帝陛下の異母弟です。皇子として、禁軍の武官として、この男の子の大切な方を見捨てたことは事実です」

大切な人が崖崩れに巻きこまれた。すぐに岩をどかせたら命を救えたかもしれない。なのに誰もきてくれなかった。

これはあまりにも――……ひどい。

「わたくし、とってもひどい話だと思います！」

「だよな！」

「困っている方を救うために、州軍や禁軍がいるのです！　その怒りは絶対に皇帝陛下や皇后陛下に伝えるべきだと思います！　わたくしが手伝います！」

莉杏が男の子の手を握って力をこめれば、男の子は眼を円くする。

「協力してくれるのか⁉」

「はい‼」

任せてください、と莉杏は力強く頷いた。

「でもどうしたら……。あんた、皇后の馬車がどこにいるのか知ってる？」

「ごめんなさい。それは知らないのです」

莉杏の暴走に皆ははらはらしていたが、莉杏が大事なところをきちんとはぐらかしたので、そこだけはほっとできた。

『実はわたくしが皇后です』と言い出したら、莉杏の首根っこを捕まえて馬車に放りこまなければならないと、武官たちは莉杏にじりじりと近よる。

「そうですね……。お手紙を書くのはどうですか？」

「手紙？　おれ、字を書けないんだけど……」

学校は遠くて、と男の子は小さな声で呟く。科挙(かきょ)試験制度があるこの国の男の子は誰でも学校に通うものだと習ったが、どこにでも例外は存在するらしい。

「わたくしが書きます。あなたの言葉をそのまま書き写しますね」

莉杏の提案に、それなら……と男の子は言う。

莉杏は紙と筆を用意してもらい、右手に筆を、左手に折りたたんだ紙をもった。

「さあ、どうぞ！」

男の子は、自分の言葉を手紙にするという経験がなくて、ああでもないこうでもないと迷ってしまう。

莉杏は、ただ言わせるのではなく、質問をして答えてもらうという方法に切り替(き)え(か)、文字に想いをこめていった。

「どんなに時間がかかっても、皇帝陛下か皇后陛下へお渡しできるようにがんばります。だから……」

「わかってるよ。もう石を投げるなって言いたいんだろ？」

「そうです。間違えて投げて、関係のない人に当たったら、とても危ないです」

莉杏にうっとうしいという顔をしながらも、男の子は頷いてくれる。

「それに、言いたいことを言ってちょっとすっきりしたしな」

「そうなのですか？」

「ちょっとだけだよ。この怒りは収まるようなものじゃない。……でも、石を投げなくてすむ」

この言葉にこめられた想いを、莉杏は全部受け止めたい。

こんなに小さな子でも、怒りを抱えながら、呑みこみながら、生きていこうとしている。

自分は赤奏国の民に、これからなにをしていけるのだろうか。

（……今のわたくしは、手紙を代筆することしかできなかった）

男の子は、武官からもう一度「二度とするな」という注意を受けたあと、解放された。

莉杏は馬車に戻り、代筆した手紙をぎゅっと握りしめながら、今後のことを考える。

（手紙には物語がある。想いがこめられている。……わたくし、やっぱりお手紙を書くのも読むのも好きだわ）

珀陽から預かった暁月への個人的な手紙。

男の子の怒りを代筆した手紙。

莉杏が皆に書いた感謝の手紙。

直接言葉にできないことでも手紙なら書けたり、直接言えるところにいない人にも手紙なら気持ちを届けることができる。

——でも、石を投げなくてすむ。

男の子の言葉を莉杏は思い出し、きっとこれだと、なにかを摑めたような気がした。

「ねぇ、碧玲。一人で全部抱えこんでしまうのは、とても大変よね。悲しいときとか、苦しいときとか、怒っているときとか」

莉杏が尋ねれば、碧玲は同意してくれた。

「人前で泣いたり、大声で叫んだり、愚痴を延々と零すのはみっともないと思いますが……でも、傍にいる人に救われるときもあります」

自分の意志で「一人でもいい」と決めた人はいい。けれど、人に聞いてほしくても、できない状況のときもある。

（わたくしは、気持ちの届け先をつくりたいのかも……）

あの男の子がほんのちょっとだけすっきりし、石を投げなくてもすむようになったのなら、他の人にも同じことができるのではないだろうかと考え始めた。

終章

白楼国への行啓で多くの経験を得ることができた莉杏は、赤奏国の茘枝城に戻ってから、より皇后教育に励んだ。

皇后としての教養を身につけるための教師が再び揃ったので、政治や算術、歴史に書道に音楽といったものを、今の莉杏にできる精いっぱいで学んでいく。

そんな中、暁月が少し早めに仕事を切り上げられるようになったころ、莉杏は海成と女官長の助けを借りて、新しいことに取り組んでいた。

「ただいま」

暁月が皇帝の私室に戻ってくると、いつもはもう寝台の中に入っている莉杏が、まだ起きている。そしてこちらに気づいていない。

珍しいこともあるなと思って近よると、真面目な顔で書類を読んでいた。

「……あっ、陛下！　お帰りなさいませ！」

ようやく暁月に顔を覗きこまれていることに気づけた莉杏は、驚きながら挨拶をくちにする。

顔が近くてどきどきします～というよくわからない抗議を無視した暁月は、莉杏が読んでいるものを手に取った。

「お手紙箱～？　はぁ、なにこれ」

「今後、後宮に設置する箱の名前です。その箱に入れる手紙は、名前が書いてあってもなくてもいいのです。お手紙はすべてわたくしが読むので、なにかあれば使ってほしいとお知らせする予定です」

莉杏は茘枝城に戻ってから、投書という制度について調べてみた。この調べものは、海成が手伝ってくれ……どころかすべてをやってくれた。

それから後宮での投書制度の草案をつくり、今は女官長と海成に相談しながら細かいところを修正している最中である。

「投書ねぇ。子どもがやりたがりそうなことだな」

「うふふ。最初はごっこ遊び程度のものでいいのです。だってわたくし、小さな範囲にしておかないと手が届きませんから。それに要望があっても、応えられないことの方が多いのです」

最初は、と莉杏が言ったからには次もある。暁月は、段階を踏むつもりの莉杏に、少し驚いた。

「後宮で試して、よりよい方法を模索して、次は茘枝城のすべてで、その次は城下にも……と範囲を広げていきたいのです。いつか国全体でもできるようにがんばります！」

「へぇ？　くだらない自分勝手な要望が死ぬほど集まりそうだけれどね」

読みきれない手紙をいつか捨てることになるのは、眼に見えている。民の声を聞くことは大事だが、そればかりをするわけにはいかない。

「無事に規模が大きくなり、わたくしが読みきれなくなるころまでに、わたくしは信頼できる女官も育てておくつもりです。大変になったら一緒に読んでもらいます」

暁月の指摘に、莉杏は迷わず答えられた。またほんの少しだけ暁月は驚く。

「それで、民の手紙を読んであんたはどうするわけ？」

「今、民がこんなことを求めていますと陛下にお話をします。わたくしがするのはそこまでです」

「あんたがしなくても、他の連中にいくらでもやらせているんだけどねぇ」

最近、軍記物でも読んだのかな、と暁月は莉杏の愛読書を思い浮かべる。

投書箱を利用して名君と呼ばれるようになった話は、どこにでもいくらでも転がっているけれど、実際に国という規模で上手く活用できたことなんてほとんどない。

「それだけではなくて、わたくしはお手紙箱を民の最後の希望にもしたいと思っているのです」

「最後の希望？」

「自分の想いが、偉い人に届きますようにと願える最後の機会です。このお手紙箱を使うことで、『なにかできた』『精いっぱいのことをやれた』という気持ちになって少しでも救われるのなら、そうしてほしいのです」

　民の苦しい想いを受け止めることは、皇帝の臣下である莉杏の仕事の一つだ。今は無理だけれど、いつかは……と願う。

「みんながお手紙を書けるようになるために、どんなところにでも学校が必要です。それに、学校が閉じてしまわないように、平和を大切にしていかないといけなくて、飢えていると気軽に紙と筆が買えないから、食糧が行き渡るようにしなければならなくて……」

　大きな目標を立てたら、『一緒にやっておくと効果が高くなるもの』『このときにやっておくと効率がいいもの』の優先順位を上げる。

　まずは食糧事情の改善、それから学校、最後にお手紙箱制度の充実だ。

「あんたにしてはよく考えてあるね。原形ができたら教えてよ」

「はいっ！　わたくし、もう少し調べものをするので、陛下は先に寝ていてくださいね」

　暁月は「はいはい」と言いながら寝室に向かう。一人で寝室に入り、冷たい寝台に腰かけて……そのままうしろに倒れた。

「……なんだこれ」

　先に寝ていてくださいねと言った莉杏の顔は、もう完全に『皇后の顔』だ。おまけに、「今は陛下よりも仕事」と莉杏の眼が伝えてきた。

「あと数年後に同じことをやられたら、いい女に見え……あ～、嫌だ。莉杏みたいなやつは、おれの好みじゃないって本気で思っていたのに」

好みではなくてもいずれ愛情がわくだろうという予感はあった。それはもう諦めた。しかし、これはよくない。本当に困る。うっかり自分から手を伸ばしてしまうかもしれない。

「……おればっかり振り回されるのはむかつくな」

暁月は起き上がり、寝室に置いてある筆記具を取り出す。迷うことなく紙に文字を書き、それを乱暴に折りたたんで寝室を出た。

「おい、あんたに手紙」

莉杏の前にぽいっと投げ捨てる。

すると莉杏は眼を円くして、手紙と暁月を交互に見た。それからおそるおそる疑問をくちにする。

「……あの、これって、陛下からわたくしへのお手紙ですか？」

まさか、そんな、という響きの確認に、暁月は素っ気なく答える。

「そうだよ。いらないなら捨てる」

暁月が手紙を取ろうとしたら、莉杏が勢いよく手紙を掴み、胸に抱いた。

「だっ、駄目です!!　これはわたくしへの手紙で、もう届けられたのですから、わたくしのものです!!」

絶対に駄目！　と莉杏は首を振る。

それを見た暁月は、ちょっとだけすっきりした。

「あっそ」

「今すぐ読みます！」

莉杏にとって、暁月からの初めての手紙だ。宛名も差出人もないという、親しい間柄で直接渡せるときにしか生まれない、貴重すぎる手紙だ。

どきどきしてしまって、手が震える。深呼吸をして、いざ……と開きかけたが、勢いよく閉じてしまった。

「無理です！　もったいない！　でも見たいです！」

暁月にとってよくわからない理由で、莉杏は苦悩している。本人はとても真面目に苦しんでいるけれど、他人からはくだらないものに見えてしまう。

「じゃあ、おれは先に寝る」

「はい！　……どうしましょう、どうしましょう！　陛下のお手紙を今読んだら眠れなくなってしまうかも……！」

暁月は、悩んでいる莉杏の横を通り、寝室に戻った。

もはや仕事が手につかなくなってしまった莉杏は、手紙を開けるかこのままにするかどうかを、腕組みをしながら検討する。

そうやって手紙を開けるまでのどきどきを思う存分堪能したあと、莉杏が出した結論は――……『急ぎの用事だったらいけないので今読もう』であった。

「……陛下!?　陛下!!」


手紙に書かれていた文章は、たった一行だ。

しかしその一行の破壊力がすごすぎる。莉杏の頭は真っ白になってしまい、しばらく動けなくて、叫び声を出せたときには身体が勝手に動いていて、寝室に飛びこんだあとだった。


「陛下！　わたくし、手紙を読みました！」

「へぇ」

「っ、だって、わたくし、ええっと！　陛下！」

莉杏がなにを言いたいのか、暁月はさっぱりわからない。

莉杏もまた、自分の言っていることを理解できていない。

「仕事の邪魔をして悪かったな。先に寝るから」

「寝ないでください！　邪魔していないです！」

莉杏は寝台に乗り、寝転がっていた暁月に飛びつく。

「もう、こんなの、陛下が、わたくしに！」

「寝るから静かにしてくれない？」

「します、します！　でも陛下が、『早くおれをかまえよ』って、陛下が……!!」

きゃ〜〜〜！　と莉杏は暁月の上で手足をじたばた動かす。

莉杏の予想以上の興奮っぷりに、暁月はやりすぎたことを反省した。

「直接おっしゃってくださったらよかったのに……！　あっ、ちょっと恥ずかしかったのかしら！　お手紙は、言葉にできない想いをこめることができますからね!!」

そうに違いないと莉杏は喜び、暁月から初めてもらった手紙を抱きしめる。

頬を赤くして暁月の手紙をうっとりと見つめる莉杏とは対照的に、暁月はやれやれとため息をついた。

「あんたの反応って子どもだよねぇ」

「……子ども、ですか？」

「今のはさぁ、『あとちょっとですから、我慢できたらご褒美ですよ』って言って、おれを翻弄する場面じゃない？」

「陛下を……わたくしが、翻弄……!?」

莉杏は、『翻弄』という新たな言葉を必死に理解しようとする。しかし、それはあまりにも恋の上級者向けの言葉だった。

「あんたは妃同士の駆け引きに関してはそこそこ上手そうだけれど、男女の駆け引きはさっぱりだよな」

いつも真正面から体当たり。莉杏の愛情表現はそれしかない。

「恋をするなら、おれは楽しくしたいんだよね。今からそっちも勉強しておけ」

「はいっ！　します！　わたくし、陛下を翻弄できるようになります！」

でも今は、と莉杏は暁月に抱きつく。

こんな距離にいるのだから、言葉と顔と声と身体でこの嬉しさを表現したい。

「陛下、大好きです！」

「はいはい、知ってる」

大事な人に想いを伝える方法はたくさんある。莉杏はそのすべてを使い、暁月への愛を伝えたかった。

終

あとがき

こんにちは、石田リンネです。この度は『十三歳の誕生日、皇后になりました。3』をお手に取っていただき、本当にありがとうございます。

この物語は読み切りの予定でしたが、嬉しいことに続きを書くことができました。

三巻は、莉杏視点での内乱の様子とその決着となっております。十三歳の皇后という物語の中で、内乱の決着をつけることができて本当に嬉しかったです。

コミカライズのお知らせです。秋田書店様の『月刊プリンセス』にて、青井みと先生によるコミカライズ版の連載がスタートしました！　莉杏がとても可愛くて、暁月がとても格好いいです。こちらもぜひよろしくお願いします。

最後に、この作品を刊行するにあたってお世話になった方々にお礼を申し上げます。

ご指導くださった担当様、とても魅力的で素敵な莉杏と暁月を描いてくださったIzumi先生（表紙カバーイラストの二人の距離感が最高です！）、当作品に関わってくださった多くの皆様、続きを望んでくださった読者の皆様、本当にありがとうございます。

どうかこれからもよろしくお願いします。

石田リンネ

■ご意見、ご感想をお寄せください。
《ファンレターの宛先》
〒102-8177 東京都千代田区富士見2-13-3
株式会社KADOKAWA ビーズログ文庫編集部
石田リンネ 先生・Izumi 先生

B's-LOG BUNKO
ビーズログ文庫

●お問い合わせ（エンターブレイン ブランド）
https://www.kadokawa.co.jp/（「お問い合わせ」へお進みください）
※内容によっては、お答えできない場合があります。
※サポートは日本国内のみとさせていただきます。
※Japanese text only

十三歳の誕生日、皇后になりました。3

石田リンネ

2020年6月15日 初版発行

発行者　三坂泰二
発行　株式会社 KADOKAWA
〒102-8177 東京都千代田区富士見 2-13-3
（ナビダイヤル）0570-060-555
デザイン　島田絵里子
印刷所　凸版印刷株式会社
製本所　凸版印刷株式会社

ISBN978-4-04-736145-4 C0193

定価はカバーに表示してあります。
◇◇◇